COMO SÃO CATIVANTES OS JARDINS DE BERLIM
DECIO ZYLBERSZTAJN

Copyright © Editora Reformatório, 2014.
Como são cativantes os jardins de Berlim © Decio Zylbersztajn, 2014.

Editores
Marcelo Nocelli
Rennan Martens

Revisão
Vilma Fidalgo
Marcelo Nocelli
Natália Souza

Foto de capa, interna e ilustrações
Rossana Di Munno

Projeto Gráfico, Capa
Leonardo Mathias | leonardomathia0.wix.com/leonardomathias

Z69c   Zylbersztajn, Decio.

Como são cativantes os jardins de Berlim. / Decio Zylbersztajn
São Paulo: Editora Reformatório, 2014.

ISBN 978-85-66887-06-8
1.Conto brasileiro I.Título.

CDD – 869.93

Índice para catálogo sistemático:

1.Conto brasileiro : Literatura brasileira   869.93

Todos os direitos desta edição reservados à:

Editora Reformatório
www.reformatorio.com.br

Para Roseblue..Blue...Blue...

...a literatura não é um passatempo nem uma evasão, mas uma maneira – talvez a mais completa e profunda – de examinar a condição humana. E, a menos que neguemos a realidade a um amor ou a uma loucura, devemos concluir que o conhecimento de vastos territórios da realidade está reservado para a arte e somente para ela.

Ernesto Sabato

SUMÁRIO

Como são cativantes os jardins de Berlim, 13

Puro sangue árabe, 39

A chuvarada, 45

Duelo com o pescador, 49

Sensações auditivas, 55

Mão pesada, 63

Silêncio Cisterciense, 73

Pletzale, 79

Encruzilhada, 103

O milagre de São Gonçalo, 137

Não existe mulher como Giulietta, 160

Distraídos venceremos

Paulo Leminski

Distâncias somavam a gente para menos. Nossa morada estava tão perto do abandono que dava até para a gente pegar nele. Eu conversava bobagens profundas com os sapos, com as águas e com as árvores.

Manoel de Barros

COMO SÃO CATIVANTES OS JARDINS DE BERLIM

Café da Manhã:

O café da manhã estava servido em um balcão que ocupava parte da sala de refeições da pensão. Johanna observava os outros hóspedes que circulavam em silêncio, quebrado apenas pelo ruído dos talheres. Café, leite, pepinos, tomate, queijos e pães... muitos pães. Tudo de terceira categoria, os pães, os pepinos, e a Pensão Berlim. A proprietária permaneceu sentada, silenciosa e imóvel, atrás de uma caixa registradora cheia de comandos manuais que não funcionavam.

Johanna sentou-se à mesa, ao canto da sala, tentando um anonimato impossível. Pequena, delicada e frágil, a sua figura contrastava com o perfil do homem gordo ao seu lado, que comia com gestos largos, espalhando farelos de pão e sonoros arrotos pelo seu entorno.

Parece um urso polar, pensou Johanna, ao perceber a respiração ofegante do hóspede. Pelo canto dos olhos, ela acompanhou os seus movimentos. Notou que o homem tinha a camisa grudada ao corpo pelo suor, e levantava-se com frequência para buscar café. Esbarrava nas mesas, ao longo do pequeno trajeto até o balcão, causando pequenos acidentes no percurso. Trombava na ida e na volta, sequer percebendo os olhares e resmungos dos hóspedes, e voltava para o seu lugar, mergulhando os olhos nos folhetos turísticos espalhados sobre a mesa.

Johanna olhou para as paredes e observou quadros pendurados a esmo. Uma natureza morta, uma sala de música, e um barco ancorado no cais. As pinturas, previsíveis e sem vida, tinham proporções que não causavam prazer aos olhos. Predominavam sombras nas naturezas mortas e havia restos de moscas grudados nas pinturas, dando-lhes um ar de realismo. Da sua mesa, Johanna observou uma jovem trabalhando atrás do balcão, a preparar os pratos com ingredientes para o café da manhã. Seu rosto demonstrava tédio, ao fazer rápidas incursões pela sala com um pano nas mãos para limpar as mesas. Tudo se passava sob a mira periscópica da dona da pensão, impávida, atrás da caixa registradora. Parecia uma boneca de cera. Ela e os seus quadros são naturezas mortas. Dialogam, pensou Joanna.

A moça do balcão trocava, vez ou outra, algumas palavras em russo com a dona da pensão. No mais, só se ouvia o som arritmado dos talheres.

Olga não saía da mente de Johanna. – Como é que eu vou resolver esta merda de problema? – pensava Johanna, enquanto tomava o café com a sensação de estar sendo observada. A posição da mesa, escolhida de modo a ficar bem camuflada no canto da sala, não resolveu o seu problema. Ela, tanto era observada quanto observava os tipos que circulavam pela sala de refeições. Como em um teatro, todos os personagens se mediam e se analisavam como que tentando desvendar, a partir da aparência, quem seriam e o que faziam em Berlim. Através da janela aberta, aproveitando as luzes do verão que terminava, Johanna avistou a estação de Charlottemburg. Dava para ver os trens do S-Bahn e vultos de berlinenses apressados a caminho do trabalho. – Os trens alemães são muito melhores do que os da Ucrânia, – pensou Johanna, levando a xícara de café à boca.

Lembrou-se da sua cidade, Kiev, que sofria as dores da reconstrução depois da saída dos russos. O trânsito era infernal e o metrô explodia de gente em todos os horários. No inverno, a neve vencia a ineficiência do serviço de limpeza das ruas, algumas feministas despiam as suas blusas mostrando os seios, grupos se manifestavam sobre vários temas - sinal dos tempos pós-soviéticos - enquanto a corrupção no governo corria escancarada. Com tudo isso, aquele era o ambiente que fazia Olga feliz. – Feliz enquanto tivesse acesso às drogas.

– pensava Johanna, que já não suportava o convívio com a irmã. Nos raros momentos em que Olga estava sóbria, eram boas amigas. Foi difícil convencê-la a acompanhá-la na viagem a Berlim. As duas nunca tinham viajado sozinhas. O convívio com a irmã havia se deteriorado após a morte da mãe.

Recordou do passeio de barco que fizeram no dia anterior pelo rio Spree. – O rio Dnieper é maior e mais bonito. – repetia Olga, com saudade dos tempos do transporte fluvial coletivo gerido pelo Estado, que a levava do pequeno apartamento da família até o centro da cidade de Kiev. O barco de passageiros saía do embarcadouro próximo aos blocos de apartamentos escuros, pesados e iguais, situados do outro lado do rio, na direção do aeroporto. O trajeto até o destino, bem no centro de Kiev, perto do Hotel Premier onde Johanna trabalhava, o barco percorria em quinze minutos. Depois da saída dos russos, o serviço deixou de operar. Era a única coisa boa que o sistema soviético fazia funcionar. Agora todos têm crédito fácil e caro para comprar carros importados. Não mais os Ladas e Nivas, mas sim os carros japoneses e alemães, que entopem as ruas da cidade.

Do banco de passageiros, no topo do barco turístico, navegando pelo rio Spree, Johanna observava os edifícios de Berlim, muitos eram datados dos anos 50, ou então antigas construções modernizadas. Ela os olhava e comparava com os edifícios de Kiev. – Os prédios de Berlim são bonitos, mas eu gosto dos edifícios de Kiev, especialmente daqueles que têm um ar decadente. Berlim foi destruída por fora e Kiev foi destruída por dentro. – Johanna lembrou-se das aulas obrigatórias de russo e de alemão na escola secundária. Queria esquecer o russo, tão parecido com o ucraniano. Falar alemão lhe dava uma sensação de liberdade que não sentia em Kiev, e isso, era exatamente o que precisava; liberdade e anonimato, para resolver o problema de Olga.

O ruído surdo e forte da maçaneta batendo na parede, interrompeu todos os pensamentos na sala de refeições. A porta foi escancarada sem escrúpulos e o barulho aprofundou ainda mais o silêncio que tomava o ambiente. O som dos talheres silenciou. Por um breve instante, garfos e facas deitaram na superfície das mesas e os maxilares pararam em meio à mastigação. Todos viraram seus rostos, em um gesto orquestrado, para a direção da porta, e viram uma jovem vestindo um short jeans sujo de urina que vazava pelo tecido na altura da virilha, e botas em estilo militar. O rosto maquiado, com uma base que devia ter sido muito branca, estava manchado, o que dava um ar cadavérico para a jovem. Encostada no batente, Olga olhava através dos hóspedes e das paredes. Andou dois passos trôpegos, e conseguiu sentar-se no chão, puxando uma toalha de mesa que evitou a sua queda. Johanna levantou-se e correu para amparar a irmã. Subiram as escadas na direção do quarto.

– Esperei por você até tarde da noite. – falou Johanna, enquanto deitava a irmã na cama do pequeno quarto da pensão, tirando as suas roupas. Já tinha feito isto muitas vezes nos últimos anos. Olga não conseguia articular uma resposta. O seu olhar sugeria que entendia as palavras de Johanna, mas não conseguia responder. Olga adormeceu rapidamente envolvida na toalha, depois de tomar uma ducha, ajudada pela irmã.

Os olhos inexpressivos de Johanna miravam Olga, desmaiada. Johanna retornou para a sala de refeições e terminou de tomar o café da manhã como se nada tivesse ocorrido. Ao entrar na sala, o silêncio se ampliou. Sentou-se à mesa e continuou a articular o seu plano de viagem. Pensava na forma mais simples, eficiente e higiênica de matar sua irmã.

Os Jardins:

Boris tomava o terceiro copo de café com leite. A camisa suada estava grudada no seu corpo. Observou, discretamente, a cena de Johanna e Olga, sem parar de tomar o café. Registrou o acontecimento sem espanto, enquanto a sua mente se ocupava em planejar como seriam os próximos dias em Berlim, e as visitas aos parques e jardins. Sozinho na cidade, poderia ir aos locais que desejava conhecer há muito tempo. Pelo menos três parques. Lendo as revistas especializadas em jardins, interessou-se pelo modelo clássico do Castelo de Charlottemburg. Na revista alternativa de artes, viu o Mauer Park, uma área ao lado do antigo muro de Berlim, agora ocupada pelo público das artes. Por meio das fotos dos sítios de cultura e arte de Berlim, visitou os jardins dos centros culturais da cidade. Tais jardins tinham um padrão simples com canteiros aparentemente descuidados, mas que davam uma sensação agradável. – Era esta a função dos jardins e parques, causar uma sensação agradável. Um prazer estético, nada mais. – pensava Boris enquanto traçava o seu plano de visitas.

Johanna procurou uma mesa ao voltar para a sala de refeições. Todas estavam ocupadas. Boris, percebendo a situação, com um gesto convidou-a a sentar-se à sua mesa. Com um discreto movimento de cabeça, Johanna aceitou e acomodou-se, abrindo um espaço em meio aos farelos e respingos do volumoso hóspede.

– Boris Hoffmann é o meu nome, muito prazer – falou estendendo a mão.

– Johanna Kantieva – respondeu a jovem, que sem olhar diretamente nos seus olhos, sentiu a mão calejada de Boris tocar na sua.

Boris demonstrava ansiedade, segurando os folhetos de jardins e parques berlinenses em suas mãos. Depois de um instante de silêncio, sem que ela perguntasse, Boris mostrou os folhetos para Johanna.

– Eu vim para Berlim especialmente para visitar jardins. Esta cidade tem recantos que poucos conhecem. Não estão nos sítios turísticos e nem nos guias de viagem. Eu gosto de ver e de fazer jardins.

– Jardins? Então o senhor é arquiteto, ou paisagista? – perguntou Johanna.

– Não exatamente. Sou mecânico, mas ser jardineiro é o meu sonho. Quero me profissionalizar assim que puder. Veja que lindos jardins. – falou apontando, com os dedos rudes, para algumas fotos, enquanto enchia a boca com mais um sanduíche. Falava mastigando e gesticulando espaçosamente. – Hoje vou visitar os jardins do castelo. – apontou para Johanna, com o dedo indicador grosso e marcado por vestígios de graxa, a localização do Schlossgarten em Charlottemburg. Amanhã vou ao Mauer Park. Depois quero visitar os centros culturais, com os seus jardins sem planejamento.

– Como assim, jardins sem planejamento? – perguntou Johanna.

– Existem jardins que nos contam histórias. Muitas pessoas ajustam o espaço, as plantas, e os caminhos, ao longo do tempo. Ninguém os planeja, mas em algum momento um conjunto harmônico acaba sendo criado. Estes são os jardins que mais me atraem. São como as nossas vidas. Uma construção contínua. Já o Mauer Park é outra história. Ali o mais interessante é a intenção de recuperar o espaço. A visita ao Mauer Park não pode esperar. No final de semana o local fica cheio de gente e eu quero sentir o espaço vazio, prefiro evitar as multidões.

A moça mostrou um ar de admiração e surpresa, tanto com a iniciativa de comunicação de Boris, que ela pensava ser pouco comum entre os alemães, como com o seu interesse por jardins. Johanna levantou-se para buscar café. – Como pode um homem rude como este mecânico, gastar o seu tempo em Berlim, visitando jardins? Retornou e sentou-se delicadamente à mesa, apenas pelo tempo suficiente para ouvir Boris despedir-se.

– Tenho que ir. Vou começar as visitas do dia. Se quiser, pode ficar com estes folhetos e mapas. Eu nem perguntei o que você faz em Berlim, mas acho que podemos falar em outra oportunidade. – Tropeçou ao sair, derrubou mais alguns talheres e deixou os folhetos sobre a mesa.

Johanna levou a xícara à boca enquanto pensava na sua irmã, desmaiada no quarto. Pegou o primeiro folheto informativo em suas mãos: "Mauer Park: uma antiga área abandonada, ao lado do antigo muro de Berlim, reconvertida em parque localizada em Prenzlauer Berg. A área é ocupada aos domingos pela população, que faz performances de música, poesia e teatro. Durante a semana fica vazio. Um grupo de ativistas voluntários se responsabiliza por fazer a limpeza do parque".

No Schlossgarden:

Boris desceu as escadas de granito da pensão, tomando cuidado para não tropeçar nos degraus desgastados. Atravessou a rua alcançando a estação de Charlottemburg, onde pegou o S-Bahn. Sentou-se no banco do vagão quase vazio, na direção de Nordbanhof. Lembrou-se das imagens que viu na internet, que mostravam os detalhes dos jardins de Berlim. Fazia contas para economizar o dinheiro que conseguiu guardar, trabalhando como mecânico de tratores agrícolas na antiga Alemanha Oriental. Com a unificação da Alemanha, Boris perdeu o emprego fixo, mas logo outras oportunidades surgiram com a reorganização da produção agrícola. Os novos agricultores precisavam de técnicos especialistas e Boris sabia reparar os velhos tratores. Enquanto metia as suas mãos toscas nos motores quebrados, a sua mente sonhava com a beleza dos jardins.

A primeira visita lhe causou excitação. Os jardins do Schlossgarten não ficam longe da estação de Charlottemburg. Esta foi a razão de ter escolhido a Pensão Berlim, bem ao lado da estação. O S-Bhan o conduziu ao local do castelo. A entrada monumental já informava sobre o que iria encontrar. Não foi difícil se localizar utilizando o mapa de transporte da cidade. Ao passar pelo portão de ferro, leu uma frase escrita na placa colocada sobre o portão de entrada: "A Natureza Liberta".

Logo avistou o conjunto de alamedas formadas em estilo clássico. Ficou estático contemplando o jardim. As suas mãos enxugaram uma lágrima que escorreu pelo canto dos olhos. Pela sua testa, ao mesmo tempo, escorreu o suor que se misturou à lágrima. Quase em êxtase, Boris passou toda a manhã a visitar o jardim, colheu fotos de cada canto e de cada alameda. Seus pensamentos viajavam e ele fazia planos para adaptar os conceitos que via aos jardins da sua cidade. Segurando o lenço encharcado, tentava sem sucesso, enxugar o suor. Chegou ao final de uma das alamedas, germanicamente simétricas, que o trouxe de volta à entrada do jardim.

Ouviu uma voz forte que o fez retomar a consciência.

– Bom dia. Veio visitar o castelo? Posso ajudar?

A juventude da voz não consoava ao perfil do velho que falou. Ferramentas nas mãos, esguio e com ar de boas vindas, o jardineiro se apresentou. – Meu nome é Horst Minsk. Trabalho na manutenção e limpeza dos canteiros.

– Prazer. Eu sou Boris. Boris Hoffmann.

– Boris é um nome russo, mas você não tem sotaque russo. É turista? –perguntou Horst.

– Eu venho de Görlitz, na fronteira com a Polônia. Do outro lado do rio fica Zgozelec. Sou alemão, mas falo russo e polonês.

– É um belo lugar. Os dois nomes, em alemão e em polonês, lembram a antiga prática dos agricultores, que queimavam a vegetação para depois plantar sobre as cinzas. O novo nasce do velho. A sua visita tem alguma intenção especial? – perguntou Horst.

Boris se aproximou do jardineiro e, sem responder à pergunta, mostrou os impressos com o mapa dos vários jardins de Berlim. Percebeu que faltavam justamente os mapas daquele local. – Venho para visitar os jardins, mas acabo de perceber que deixei alguns dos mapas na pensão, inclusive o deste jardim.

Horst pensou na estranha situação. Nunca recebera alguém que tivesse vindo para visitar, exclusivamente, os jardins. Os visitantes eram sempre turistas interessados em conhecer o antigo castelo.

– Posso te ajudar. Conheço todos os detalhes desse local, cuido desse jardim há décadas. Cada pedra e cada planta que você observa, fui eu que plantei, adubei e podei. Ninguém planejou nada aqui. Eu fiz tudo, sem que me pedissem. – respondeu o velho.

Caminharam pelas alamedas simétricas, que obedeciam à ordem estruturada dos jardins clássicos. Falaram sobre jardins e jardinagem. Horst mostrou ter experiência na atividade. Falou sobre as melhores espécies, sobre adubos, controle das pragas e sobre irrigação e drenagem dos canteiros. Explicou a importância de mesclar as plantas de modo a considerar o seu tamanho na fase adulta. – Muitos jardins são bonitos apenas quando jovens, mas perdem o equilíbrio na fase adulta das plantas. Existem plantas que protegem as outras da aproximação de insetos. Os espinhos as protegem de animais grandes, como nós. E embora os agrônomos tentem te convencer do contrário, descobri que a melhor época para podar as plantas é quando o seu canivete está afiado. – Horst riu da própria piada e compartilhou todo o seu conhecimento com gentileza, enquanto Boris ouviu atentamente, demonstrando interesse pelo perfil do jardineiro.

– Desde quando o senhor trabalha aqui?

– Bem, foi logo depois do fim da guerra. Eu precisava de um trabalho. Era jovem. Não tive oportunidade de estudar durante os anos difíceis. Quando voltei para Berlim, encontrei um monte de escombros e quase não havia mão de obra disponível. Eu comecei a recuperar jardins e não parei mais, até hoje.

Boris ouviu, com surpresa, a história daquele simpático senhor. Calculou a sua idade e percebeu que a aparência possivelmente não condizia com a idade avançada. O velho interrompeu a pausa de Boris ao perceber a sua contemplação.

– O tempo que se gasta cuidando de jardins não é computado por Deus. Este é o segredo da vida longa. Algumas cervejas acompanhadas por um bom schnapps também ajudam.

– Eu o invejo senhor Horst – comentou Boris fazendo um convite – amanhã eu vou visitar um parque em outra parte da cidade. Eu gostaria que o senhor viesse comigo, se puder.

– Qual parque? Eu conheço todos os parques em Berlim.

– É o Mauer Park, no distrito de Prenzlauer Berg. Eu gostaria de ver o estilo de um parque feito a partir de uma área decadente, ao redor do antigo muro. Acho que na minha região existem muitos recantos abandonados, que podem ser transformados em locais de contemplação ou de uso público.

– Lá não é exatamente um lugar de contemplação, mas uma visita no meio da semana pode ser interessante. Vou te acompanhar, embora deva te alertar que o Mauer Park é um grande espaço vazio. Só ganha vida, e muita vida, aos domingos, quando os artistas se apresentam e o mercado das pulgas fica agitado. Se você não se importar em visitar o espaço vazio, podemos ir juntos. O meu trabalho permite muita flexibilidade de tempo.

– Podemos nos encontrar na estação de Charlottemburg, às 9 horas? – sugeriu Boris. Seguiram os dois, passando por sob o grande portão.

O velho dirigiu-se, com o passo firme, para o pequeno chalé onde vivia, na entrada do parque. Sobre o portão a frase continuava anunciando: "A Natureza Liberta".

Durante o trajeto de volta para a Pensão Berlim, Boris se lembrou do velho jardineiro. – Parece um personagem saído de um livro, uma espécie de mago que ocupa todos os espaços do jardim. Na verdade, ele se confunde com a própria paisagem do parque. Como ficará o jardim quando esse homem faltar?

No Mauer Park:

— Acorda Olga! – falou Johanna sacudindo a irmã, que se recusava a sair do estado de sonolência. – Vou te ajudar a tomar um banho. Quem sabe você se anima. Tenho uma ideia para o passeio de hoje. O Mauer Park é um parque em um bairro ao norte de Berlim. É um lugar onde acontecem apresentações de música e teatro aos domingos. Como nós iremos embora no sábado, acho quer devemos conhecer o Mauer Park, mesmo sem atividades ou visitantes. – Olga respondeu com um leve aceno, sem tempo para pensar. Sonolenta, foi tomar banho e vestiu as roupas de sempre: camiseta, botas pesadas e colete de couro. O seu cabelo curto quase não precisava ser escovado.

– Servem álcool por lá? – perguntou Olga com ironia. Ao sair, pegou a sacola com as suas doses de heroína e a seringa, devidamente camufladas e preparadas para o uso diário. Já não conseguia passar a manhã sem uma dose, que vinha aumentando nos últimos meses. Tomaram café e seguiram para a estação do S-Bahn em direção a Prenzlauer Berg.

Boris e Horst falaram sobre jardins durante todo o trajeto do metrô. Desceram na estação e caminharam por vinte minutos pela rua Eberswalder até os limites do parque. Os bares estavam vazios. O bairro se transformou em local de encontro de tribos alternativas, em função da criação e do novo uso dado ao Mauer Park. Horst caminhava com uma bengala que servia como apoio, embora o seu andar fosse seguro, cadenciado como o de um jovem. Já Boris, a cada passo, ensaiava tropeçar nos próprios pés. Seus sapatos tinham a sola desgastada no lado interno, indicando uma pisada torta e desajeitada, ameaçando se desfazer a cada passo. Ao sair do trem, já transpirava e ofegava, demonstrando cansaço.

Lentamente chegaram a uma das entradas do parque de onde se avistava um espaço descampado. O caminho que era de terra batida, algumas vezes recoberta por pedriscos seguia por uma alameda sem árvores. Ao longe avistaram uma elevação, que ficava ao lado do que, no passado, foi o muro. Um anfiteatro de pedras foi construído margeando o local, tendo no centro, uma arena. Era uma homenagem libertária à história do muro.

– Possivelmente as performances são realizadas aqui.
– comentou Boris sentando-se no primeiro degrau disponível e puxando um lenço para enxugar o suor que escorria pela sua face. Horst caminhava ao redor do local,

plantando mentalmente canteiros de flores no lugar daquele gramado plano e monótono. Pensava em como seria capaz de fazer algo atraente naquele local inóspito. Os visitantes eram como dois pontos dentro de um grande espaço vazio. Como era esperado, ninguém visitava o Mauer Park durante a semana. Encontraram restos de trapos e montes de lixo ainda não recolhidos, deixados pela multidão no último domingo. Alguém tinha varrido e acumulado o lixo em um dos cantos do parque. Era uma montanha de garrafas plásticas, papéis e resíduos de todo o tipo.

– Não era bem o que você esperava encontrar. Estou correto, senhor Boris? – perguntou Horst.

– Como são cativantes os jardins de Berlim! Mesmo este, assim, vazio. – respondeu Boris, depois de uma demorada pausa.

As Irmãs no Mauer Park:

As duas irmãs caminhavam pela rua Eberswalder, seguindo na direção do parque. O sol da manhã já se fazia presente e Olga reclamou do longo percurso, para ela muito cansativo e chato. Chegaram ao portão principal e viram a paisagem vazia.

– É essa a maravilha que você queria me mostrar? Não tem viva alma por aqui! Que merda de lugar. – resmungou Olga.

Mesmo reclamando, Olga seguiu em silêncio acompanhando a irmã. Os passos das duas soavam nos pedriscos para uma plateia vazia. Próximas da arena, avistaram dois vultos e Johanna puxou a irmã naquela direção. Conforme se aproximaram, Johanna reconheceu Boris acompanhado por um senhor de mais idade. Os dois jardineiros estavam agachados, observando uma escultura em pedra deixada por algum visitante. Ao se aproximarem, Boris reconheceu Johanna e Olga, que pararam ao seu lado.

– Vi o folheto que você deixou sobre a mesa do café. Resolvi trazer a minha irmã para conhecer este lugar.

– Não sei se a sua escolha foi muito boa. – argumentou Olga com ar emburrado.

– Para quem gosta de parques e jardins, a escolha é boa. – respondeu Boris estendendo a mão para ambas, enquanto lhes apresentava Horst.

Johanna se dirigiu ao velho jardineiro:

– Qual a graça de existir um parque vazio?

– Não sei. Talvez o vazio seja, justamente, para que façamos algo para preenchê-lo. Se um espaço está vazio, isto gera a necessidade de criar alguma coisa. Por mim, eu reformaria todo o parque, colocando plantas e preenchendo os espaços. – respondeu o velho jardineiro, sem olhar para o rosto de Johanna.

Enquanto conversavam, Johanna e Horst se afastaram, por um momento, de Boris e Olga, que andaram na outra direção. Foram para o lado do muro, ao longo de uma depressão do terreno que terminava perto da arena. Ao longe, eram como dois pontos, afastando-se dentro do espaço vazio.

– Eu tento imaginar o que era a vida em uma cidade dividida por um muro. – comentou Olga.

– Para mim nunca houve divisão. Eu só conheci o outro lado, vivendo na DDR. – respondeu Boris.

– Eu também só conheci o outro lado, vivendo na Ucrânia. Foi isso que me fez aceitar o convite da minha irmã para visitar Berlim.

Olga se viu atraída pela figura de Boris. Lembrava, por contraste, o pai ausente com quem quase não teve contato. Seu pai fora um homem bonito, diferente de Boris, cuja beleza inexistia, mas, carregava uma delicadeza que contrastava com o seu corpo, algo que ela não estava acostumada a ver nas figuras masculinas. Do seu pai, só tinha lembranças de cenas de violência e do seu machismo eslavo. Via certa sutileza nas atitudes de Boris, e uma bondade que transpirava junto com o abundante suor. Em um minuto, Olga sentiu confiança suficiente para dar detalhes sobre a sua vida. Sentiu-se impelida a falar daquilo que só se fala a um estranho. Relatou fatos sobre os quais nunca tinha falado com ninguém.

– Você viu a cena de ontem na pensão, não viu? Deve ter ficado surpreso com a minha performance. Sempre que bebo e me drogo, fico imprestável por algum tempo. Quer dizer, fico imprestável todos os dias. Acho que escandalizei os hóspedes, da mesma forma que costumava escandalizar os meus pais.

Boris ouviu o comentário em silêncio. Olga sentiu segurança para continuar a relatar detalhes da sua vida. Olga falou sobre a sua vida desregrada, os seus envolvimentos amorosos com homens e mulheres. Falou da sua relação com a irmã, a quem amava com raiva, da mãe e também de presença angustiante do seu pai, um pequeno czar. Falou da dependência da heroína, e, enquanto falava, sentiu-se segura para acender um baseado, que ofereceu a Boris, antes da primeira tragada.

– Não, obrigado. Não fumo. – respondeu Boris, enquanto observava Olga, que com a mão trêmula, já preparava a primeira dose do dia. Segurava a seringa sem conseguir encontrar uma veia para injetar a droga, causando um ferimento no seu braço. Boris a olhava de perto com um olhar de compaixão. Pegou o seu lenço, limpou o sangue que escorreu, levantou-se e deixou a moça que, impacientemente, procurava a melhor posição para injetar a heroína na veia saltada do braço esquerdo.

Boris, já afastado do local onde Olga se aplicava, localizou Horst, que se aproximava sozinho, com a sua bengala.

– Já vimos tudo o que havia para ser visto? – perguntou o Horst.

– Acho que sim. Até mais do que deveria. Podemos voltar. Onde está a outra moça?

– Ela me disse que iria procurar pela irmã.

– Então vamos embora. – disse Boris, seguindo na direção da saída do parque.

Johanna observara ao longe a movimentação de Olga e Boris. Ao ver que Boris se afastava, caminhou na direção da irmã, que estava deitada no chão, ao lado do muro. Percebendo que ela dormia, retirou da sua bolsa outra dose da droga. Com a mão trêmula, preparou a seringa que ainda estava segura pela mão direita de

Olga. Encontrou a veia de bom calibre no seu braço esquerdo e injetou lentamente a droga na irmã, fazendo uso dos apetrechos que estavam na sua bolsa, limpou as lágrimas que embaçavam a sua visão, injetando cada gota do líquido, até o fim, deixando a irmã, cuidadosamente, encostada no muro. Depois seguiu a passos lentos na direção da estação do metrô. Queria sair daquele lugar o mais rápido possível. Ainda via, na linha do horizonte, os dois homens que andavam já fora dos limites do parque.

De volta à pensão, passou a tarde lendo os jornais na sala de café, sob o olhar petrificado da velha proprietária.

Ninguém percebia que Johanna chorava.

Coluna Criminal:

Às duas horas da manhã, Johanna desceu a escadaria da pensão, destravou a grande porta de madeira e saiu à rua. Cruzou com as prostitutas que faziam ponto na calçada próxima da estação do metrô e foi procurar o posto policial, pedindo ajuda para localizar Olga. No dia seguinte, os jornais de Berlim noticiaram:

"Na madrugada de hoje, a turista ucraniana, Johanna Kantieva, pediu ajuda policial para encontrar sua irmã, Olga Kantieva, de 25 anos, viciada em heroína. Em depoimento, Johanna informou que, na noite anterior, Olga chegou drogada na pensão Berlim, onde ambas se hospedavam, no distrito de Charlottemburg. Em depoimento, a irmã da vítima informou que, no dia anterior, visitaram o Mauer Park, onde Olga decidiu ficar, acompanhada por um homem que conhecera na pensão. Às três horas da manhã, o corpo de Olga foi localizado no Mauer Park, com indícios de overdose de droga ainda não identificada. O suspeito, de nome Boris Hoffmann, é um turista da cidade de Görlitz, na fronteira com a Polônia, que estava hospedado na mesma pensão que as irmãs Kantieva. Johanna disse que as duas vieram a Berlim com a intenção de se reaproximar, após a morte da mãe na Ucrânia. Disse também que queria muito que a irmã se livrasse do vício. Quando fechamos esta edição, o suspeito estava detido na delegacia de Charlottemburg. Aparentava nervosismo, suava e respirava com dificuldade. O mesmo informou a este jornal que é jardineiro, mas no depoimento prestado para a polícia, o suspeito se contradisse afirmado ser mecânico. Outra testemunha foi identificada. Trata-se de Horst Minsk, amigo do suspeito, que, em depoimento, disse ter visto o casal conversando sob a copa da árvore onde o corpo foi encontrado. Em declaração a este jornal, a testemunha afirmou que o suspeito parecia uma pessoa muito gentil, não apresentando sinais de comportamento violento. A polícia encontrou vestígios de sangue no lenço de Boris, cuja característica será comparada ao sangue da vítima. O corpo foi encaminhado para o instituto médico legal para avaliação de eventual violência sexual e autópsia. O suspeito permanece detido e a irmã da vítima foi liberada para aguardar a conclusão das investigações em Kiev, cidade onde tem residência.

O conto "Pura sangue árabe" obteve o segundo lugar no Concurso Antares de Literatura de 2013, organizado pela Universidade de Caxias do Sul, Programa de Pós Graduação em Letras, Cultura e Regionalidade. E será publicado, em 2014, na Revista Antares de Letras e Humanidades.

PURO SANGUE ÁRABE

O chão do mangueiro era pura bosta misturada com terra de cor escura, destilando um cheiro forte de urina de vaca. O peão, Tarquínio, tocava o gado e tratava os cavalos de montaria. Quando amanhecia, lavava os animais com água, muito sabão e uma escova raspadeira. Do cano da mangueira corria a água abundante que era derramada sobre a pelagem dos cavalos. Devia causar-lhes uma sensação de prazer, pois os animais disputavam espaço para alcançar a água que inundava os seus pelos, fazendo escorrer o sabão. Tarquínio passava sua mão pesada de peão acompanhando o jorro d'água. O movimento alisava a pelagem e massageava as ancas enquanto removia o excesso. Suas mãos percorriam o lombo, pernas, patas, rabos e a cara dos animais, com movimentos firmes e íntimos. Uma égua zaina, inquieta era diferente das demais, não deixava o tratador aproximar-se com facilidade. Arisca, olhava de lado, riscava o chão com a pata dianteira, abaixava a cabeça buliçosa e bufava no ar, regateando com a aproximação de Tarquínio.

A casa sede da fazenda ficava ao lado do mangueiro. As paredes eram toscas e a pintura já havia descascado há tempo. O fundo da casa era ocupado pela produção de quitandas, atividade que tornou o local conhecido em toda a região. Soraya, a quitandeira, dali tirava as fornadas de broas, broinhas de milho e pães de queijo, tudo exposto no tabuleiro. As delícias saiam do grande forno a lenha que tomava quase todo o espaço do fundo do quintal. A venda das quitandas ajudava a completar o orçamento do mês. A produção tinha mercado certo na cidade. Mathias, seu marido, deitado na cama improvisada em um canto isolado da varanda, curava a bebedeira que o derrubava a cada final de manhã. Curava uma, só para tomar outra.

A égua era bem torneada. A potranca, ainda xucra, fez sentir o gosto de derrota aos três peões da fazenda. Seguia virgem de montaria. Podia esperar pela sua hora, pensava Tarquínio, com um olho nas quitandas. O cheiro vindo do forno, e os movimentos circulares da quitandeira, deixavam o peão com água na boca. Todos os seus humores se atiçavam.

Soraya seguia a sua sina. Comprava farinha, fubá e sal na cidade. O leite pegava no galpão da ordenha e desta mistura fazia de tudo. Trabalhava com uma visão privilegiada do varandão, de onde podia controlar o mangueiro, o galpão de ordenha e a garagem dos tratores, tudo sempre em certa desordem. Da varanda, tinha a vista da atividade dos homens e animais da fazenda. Dali sonhava enquanto assava a quitanda.

A pele e os olhos de Soraya eram tão mouros quanto o seu nome. Os olhos densamente negros diziam de uma tristeza imensa. Melancolia antiga, de muitas gerações, cuja vivência lhe ensinou tudo sobre comprar, vender, e do ato ancestral de fazer trocas. – Mascateando, os homens revelam as suas intenções e também o seu caráter – dizia Abiel, falecido pai de Soraya. A quitandeira, de olhar triste, assistia a chama do forno de onde sabia o tempo certo de tirar a bandeja. Não carecia olhar no relógio, nem checar a temperatura. – O tempo certo era a sabedoria da vida – novamente lembrava palavras de Abiel. Pela estreita boca do forno, Soraya tinha uma visão que ampliava o seu horizonte. Dali, através da chama acesa da lenha, ela via o mundo. O seu sangue árabe latejava com as chamas e atiçava o pensamento. Ficava inquieta.

Inquieta ficava a égua tinhosa que ninguém conseguira ainda montar. Tarquínio, cabeça baixa na sombra do chapéu de couro, pensava no jeito e tempo certo para dar o bote. Jogava o arreio por cima do lombo e tentava se aproximar. – Sem esperança... – pensava o peão.

A égua fazia tremer o pelo e derrubava o arreio sem se curvar. Tarquínio tentava e tentava, mas a égua não vergava. Era dura que nem uma rocha do espigão da Serra do Espinhaço. A repetição paciente das suas tentativas chamou a atenção de Soraya que, observava pelos ombros, de longe, a insistência de Tarquínio. De pouca fala, o homem sempre com a camisa aberta ao peito e chapéu de couro velho, chamava o seu olhar sem que ela percebesse. Era um movimento lento de aproximação. Movimento circular ao redor da presa, com uma fala mansa de ganhar confiança. Rodava e rodava, achegando-se no animal com a esperança de encontrar uma brecha. Já fazia duas semanas que a égua tinha chegado, e nada de baixar a guarda. Soraya ria por dentro, achando graça daquele ritual. – Quero ver quem desiste primeiro – pensava Soraya.

Naquela tarde o pensamento lhe fugiu. Sua mente estava impaciente. Ora pensava em Abiel, ora pensava em Mathias, bêbado, dormindo na cama encostada na varanda. A desatenção fez com que ela perdesse o tempo certo da fornada. O fogo escapuliu por uma brasa, que rolou e caiu na pilha de lenha posta no chão, ao lado do forno. A brasa virou fogo, que virou fogueira e subiu pelas cortinas rotas da varanda e depois pela mobília de madeira velha da cozinha improvisada no fundo do quintal. Mathias dormia enquanto Soraya tentava abafar o fogo com as toalhas à sua mão direita e a barra da saia segura pela mão esquerda.

Quando percebeu o fogo, Tarquínio correu para tentar ajudar a apagar as chamas que, aquela altura, já consumia tudo. O rapaz pulou a murada que dividia o mangueiro e a varanda e se juntou a Soraya, ambos, em movimentos rápidos e sem palavras, apagaram um fogo e depois apagaram o outro fogo, enquanto o marido bêbado ainda dormia.

Um ar leve chamava a manhã. Os animais já tinham, mecanicamente, seguido para o trato assim que avistaram a porteira aberta. As vacas vinham do pasto sem precisar chamar. Era a hora da ordenha que aliviava o peso dos úberes, que de tão lotados, chegavam a vazar leite pelas tetas inchadas. Àquela hora, Mathias ainda conseguia se equilibrar e fazer algum trabalho. Soltava as vacas no pasto assim que terminava a ordenha. Saiam, uma a uma, pela porteira que dava para o piquete e eram imediatamente cercadas pela bezerrada desejosa do pouco da sobra do leite que deveria ser todo deles. Ao terminar a ordenha, entravam os cavalos no mangueiro, para o tratamento do dia.

Naquele dia Soraya e o marido viram ao longe, na cabeceira do pasto, o rapaz, Tarquínio, a apartar o gado. Ia ele, finalmente, montado na égua zaina, aboiando alegre, como sempre fazia.

A CHUVARADA

Eu senti que a chuvarada lambia meu corpo. Já tinha encharcado minha roupa e escorrido pelo meu costado. Felicidadezinha. Que nada, foi só um sonho metido na minha cabeça dura. Pensei: sem chuva daqui eu não saio. Nem por Deus nem pelo tinhoso. Nem Maria me pedindo de joelhos. Não saio daqui se a chuva não cair.

Sabia que Maria me olhava sempre pelo costado. Dizia e repetia que é pra eu largar disso. Não larguei. Onde já se viu tamanha desfeita? A gente sempre rezou e obedeceu a Deus, e fez procissão, e pagou o dízimo. Ali de onde eu estava, antes se podia avistar o rio bem pertinho. Maria vinha, pegava água, lavava roupa, fazia comida e se banhava. Ah, se me lembro! Ela se banhava nua no remanso calmo, e eu olhando, que só olhando o seu corpo entrando, degavarinho, no rio, varando a flor da água mansa. Os bacuris também entravam na água em gritaria de pega-pega. Um escorregando sobre o outro, como peixinhos numa corredeira. Tudo ali mesmo, na água corrente que agora quase acabou.

Com o tempo, a casa foi andando pra longe do rio. Foi indo, foi indo, até que ficou só poeira e o rio ficou lá, bem na lonjura. E o que era leito barulhento, virou um fiozinho. O remanso ficou só na ideia e o fiozinho também foi se acabando e as crianças chorando de sede. Até o calango foi embora. Ninguém conhecia mais a verdura do capim. A vaca - que era osso só - eu dei, que foi pra não ver morrer na minha frente, olhando pra mim pedindo água.

Ai! Acho que senti a chuvarada... Que nada. Só lembrança de dentro da minha cabeça cheia de miolo requentado pelo sol e travada pelo calor mormacento. Tudo aconteceu bem rápido. Quando eu pregava os olhos fechando os pulmões, parece que eu ouvia o trovão. Mas o som sumia quando eu voltava a respirar. Nós plantamos feijão no pó, e ele não vingou. Plantamos o roçado e colhemos lembranças. E eu sabia que Maria estava me olhando por trás. Sempre.

Fizemos muita conversa de vizinhança, mutirão e reza. Alguém lembrou que trocando os santos de altar podia funcionar. Aí foi São Gonçalo parar no altar da Santa

Luzia. E foi São Benedito pra capela de São Sebastião, e foi São Jorge pra matriz. E nada de chuva. Nem castigo pra santo funcionou. E eu pensei: - Não saio daqui enquanto a chuvarada não cair.

Então três dias e três noites se passaram e eu, sentado, cutucava o cão tinhoso. Era eu ou ele. O rabudo rondava, mas eu estava certeiro da minha tarefa. A santaiada, toda fora de lugar, não ajudava. Era eu ou o beiçudo. E eu ali, três dias e três noites. Agora, depois do terceiro dia, o sol estava ainda mais forte. E eu, tonto de sede e fome. Foi quando veio aquela pazada d'água. Não era chuvisqueiro nem sereno. Era chuvarada da grande, e eu fiquei com medo de entrever e tudo se sumir, de tudo ser mentira da minha cabeça, que nem aquele barulho de trovão que desapareceu quando eu respirei. Abri os olhos, degavarinho, e folguei. A chuva era verdadeira, boa, criadeira. A água empoçou do meu lado e o rio tremeu de correnteza, feita da água que tinha voltado. O ar cheirou aquele cheiro forte que vem depois do raio e do trovão. Virei em alegria e gritei por Maria: - Mariaaaaaaa... - Foi só então que eu percebi que Maria não tava mais lá, olhando por mim.

 DUELO COM O PESCADOR

para Zé Carreiro

Aquela era uma luta desigual. Seu Mazinho, caboclo velho, sempre aprumava a canoa no domingo à tarde e saía para pescar. Remava que remava, e o passar da sua canoa riscava a água escura, deitando o capim taboa que endireitava lambendo o casco do barco talhado em um só tronco pelo seu falecido pai. Aquele barco pesava fora d´agua, mas era uma pluma quando seu Mazinho remava. Era só ele que sabia remar aquele tronco incisado, de fora a fora, pelo machado e pelo facão do seu pai. Quando passava, deixava um rastro na flor da água. A trilha sumia quando a cana emergia e endireitava, fechando a passagem. Um tostão de tempo, e ficava tudo igual ao que era antes de ele passar. Visto de longe, Mazinho permanecia o tempo todo escondido pelo capim como se não estivesse ali. De caniço em punho, Mazinho segurava a rede de lance e varava de lagoa em lagoa e de furo em furo, até chegar ao remanso, onde sabia de um poço bem fundo em que o rio fazia caracol. É lá que moravam os pintados, os dourados e os jaús, que pegava só se fossem bem graúdos. As traíras, os cascudos e as fêmeas barrigudas de ovadas, ele jogava de volta na água. Pescar um ou outro tipo de peixe, dependia da época do ano.

Seu Mazinho, caboclo esperto, não ia só. Para pescar de promombó, ele precisava de ajuda. Carecia de gente para fazer a fogueira na proa e catar os peixes suicidas, que se atiravam na direção do barco, buscando a faísca de luz que os atraía. Era coisa de índio. Saíam de casa, seu Mazinho e seu companheiro, ainda no escuro, que era pra mó do clarão da fogueira atrair os peixes que, encantados, viravam presa fácil. Era um duelo desigual.

No caminho de volta, a canoa vinha carregada com os peixes, que faziam um tapete escorregadio, pesando no chão do barco. A cada remada funda que seu Mazinho dava, balançava a proa da canoa, quase mergulhando o seu bico n'água, igual às garças do caminho, que voavam assustadas ao avistar o barco. Vinham os pescadores, rindo-se e pitando, e contando vantagens. Os peixes de olhos esbugalhados a tudo ouviam, estremecendo vez ou outra só pra lembrar que ainda estavam vivos. De longe só se percebia o vozerio e a fumaça dos palheiros saindo por cima do capim.

Em tempo passado, muito distante, tão longe que quase ninguém mais se lembra, o finado pai de Mazinho, saía com o cunhado – bugre da nação Bororo – naquele mesmo remanso. Naquela época iam pescar de timbó. A luta era mais desigual ainda. Saíam cedinho, cortavam o cipó que abraçava as árvores mais altas. Enfeixavam com cuidado os mais finos que eram os melhores de torcer. O sumo escorria pelas mãos do cunhado índio e ele chacoalhava tudo no espelho d água, fazendo um choc choc choc barulhento. Era bom de pescar de timbó no remanso. A água quase parada segurava o veneno por mais tempo, boiando junto do espelho. Os peixes chegavam e logo tonteavam, perdendo a ligeireza escorregadia, e se punham de barriga pra cima, boiando meio bobos. Era só chegar e pegar. Era um duelo desigual.

Filho de índia e de mulato, Mazinho pai, foi criado e aprendeu com as histórias da senzala que ouvia do avô paterno e histórias dos Bororos, que sabia da avó materna. Na mistura do sangue tinha saci pererê, tinha preto véio e tinha mucama de leite dando seu sumo pra alimentar as crias do seu amo. Tinha também a história que ouvia da avó, da beleza e da choração nos funerais. Os avós cuidavam de muitos bacuris, todos criados juntos. Os que eram deles, os do sinhozinho com sinhá, os do sinhozinho mais as escravas, e ou outros que apareciam na fazenda. Todos vivendo e brincando no mesmo teto, até certa idade. Depois, não podiam mais brincar. Mazinho pai, sabia das histórias de curupira, de mula sem cabeça, de boitatá, que a mãe contava e que ele passou para seu filho. Explicou que os seus avós, índios e pretos, tinham sumido com a chegada da gente nova. Seguiram pelo caminho do Peabiru que, diziam, levava ao mar na lonjura distante. Muita gente foi e não voltou. Tempo depois, o caminho que era de gente, virou caminho de boi, depois de boiada, depois de comitiva e agora de caminhão. Da mãe sobrou a gentileza, o canto das folias e muitas histórias dos bichos da mata. Da África e da maloca não sobrou nada de se pegar e ter, mas muito de pensar, de contar e de comer. Todo um povo seguindo pelo caminho do Peabiru. Duelo desigual.

Seu Mazinho se lembrava de tudo. Lembrava-se das histórias vividas e mais ainda das histórias contadas. Parece que aqueles causos que ouvira dos velhos eram os mais reais. Tinham entrado fundo na sua lembrança. As histórias vividas não tinham as cores nem os sons e cheiros daqueles que seus ouvidos de bacuri ouviram. Com o passar do tempo, Mazinho já não sabia se sabia de ter ouvido ou se sabia de ter vivido. Era tudo igual em sabença.

Agora, sentado no rancho, espera. A canoa não passa mais de lagoa em lagoa. Tudo tem dono. Tem cerca até na flor da água. A barragem fez o nível d'água subir, cobrindo as taboas, que desapareceram. Não tem mais cipó timbó, e não é possível pescar de promombó. Um policial, certo dia, pediu uma tal de autorização de pesca. Seu Mazinho não tinha. O barco, aquele que fora talhado em um só tronco pelo seu falecido pai, aquele barco que pesava fora d'agua, mas era uma pluma quando seu Mazinho remava, agora estava no posto da polícia ambiental. Seu Mazinho passava por lá e evitava olhar para o barco, que apodrecia fora d'agua. De vivo mesmo, só ficaram as histórias ouvidas que circulam pelas suas veias caboclas. Mazinho estava só. Ali, arranchado, ele pode ouvir os caminhões a passar pela estrada. Fechou os olhos e lembrou-se das histórias de preto e de índio. Seus olhos abertos olharam e não viram. Fechando os seus olhos, seu Mazinho sentiu o corpo gelar e arrepiou só pra lembrar que ainda estava vivo. Duelo desigual.

SENSAÇÕES AUDITIVAS

A Primeira:

– Lá vem ela novamente, exata como um relógio suíço. – Os ouvidos de Adelino já se acostumaram aos acordes. Ele sabe que se trata de uma mulher, mesmo sem vê-la. Adelino não tem certeza do que acontece no andar de cima, só sabe que todos os dias ela canta à mesma hora. Entoa cantigas de roda, cantigas de ninar, cantigas de aboio, cantigas velhas, cantigas novas. Canta de tudo. Só cantigas, sempre à mesma hora, todos os dias. – Parece um relógio – afirma Adelino.

A voz feminina tem suavidade. Não se arrisca nos tons mais graves, mas é capaz de atingir tons altos, subir, subir e subir, sem falsetes. – Será que ela estuda canto? E de onde vêm estas cantigas? Será que a cantora vem de longe? Quem sabe de algum lugar bonito e distante. Uma Pasárgada onde aprendeu as cantorias. Quem é que não vem de longe nesta cidade? Ela vem dum lugar bonito. As cantigas não mentem.

Adelino se recordou das canções que ouviu nas últimas semanas, pródigas em cantigas de beira-mar, de cavalo marinho, de roda, de cirandas, de festa de São João, de festa de São Gonçalo. Algumas lembravam um oriente desconhecido, um canto árabe. Um aboio também tinha algo do oriente distante. – Êeeeee boi! – cantou Adelino, sozinho, enquanto pensou que os oitocentos anos dos árabes na Espanha, Portugal e Sicília impregnaram a alma dos colonizadores espanhóis, italianos e portugueses.

Agora mesmo Adelino ouve uma ciranda que diz: "essa ciranda que me deu foi Lia que mora na ilha de Itamaracá...". Parece que os hábitos sertanejos e dos habitantes de beira–mar respiram como os seus antepassados. A dona Lia de Itamaracá é que o diga.

- As cantigas não são sempre alegres, nem a vida é sempre alegre - pensa Adelino nestas horas. Ele aprendeu a reconhecer quais os dias em que a voz, em movimento ondulante, canta merencória; assim pode dividir o seu lamento com ela. O som o deixa quase chorando. Em compensação percebe quando ela amanhece de bom humor, feliz.

– Outro dia ela cantou com tanta sensualidade que eu dancei com volúpia, sozinho. Sozinho? Dancei seguindo a cadência do som da sua voz. Era impossível que ela também não estivesse dançando. Ela parece um relógio suíço, já disse?

Naquele dia Adelino aguçou o ouvido tentando captar outras vozes. Um possível acompanhante, quem sabe? Não conseguiu identificar alguém. Se houvesse uma voz masculina fazendo uma terça abaixo, ele teria percebido. Capaz... Não ouviu nada. A voz soou solitária. De cantoria em cantoria, Adelino decorou algumas cantigas e, bem baixinho, quase sozinho, a acompanhava fazendo um contracanto ou tentava interpor uma segunda voz aqui e acolá para soar um dueto.

Não, nunca pensou em procurá-la. Sempre achou que estava bom assim.

– Será que ela sabe que eu a ouço? E se ela parar de cantar, como vai ser? E se o som parar? Ela parece um relógio. Já disse?

A Segunda:

Era um ruído ritmado, lento no começo. Depois crescia em todas as dimensões, o ritmo se fazia mais rápido e a intensidade aumentava. Misturavam-se sons guturais com batidas de corpos. Aos gemidos, Heleno já se acostumara e sabia que haveria um momento de máxima intensidade, êxtase, que depois decairia até a exaustão. Algum tempo depois tudo recomeçaria, ou não. Ele, que ainda jovem, fazia paralelos com o ciclo da própria vida, percebia que aquele som cheirava a coisa proibida. Algo que começava pequeno, depois embalava, embalava mais, e seguia em um crescendo, e sumia. Desaparecia.

Heleno aprendeu na escola, que as estrelas têm vida e que são infinitas. Nascem de uma explosão cósmica, onde antes nada havia. Só um buraco negro. "Big Bang". Depois ganham energia, sei lá de onde. Só então iluminam e aquecem os mundos que bem podem ser parecidos com o nosso. Depois de todo este trabalho, morrem uma a uma. Bem parecido com os sons circulares que ouvia da casa vizinha, onde os sons também começam pequenos e explodem em convulsão – big bang – com gemidos, gritos alegres misturados com a dor de quem viu o fim do mundo e quer ver de novo. Heleno se amargurava com vontade de saber o que acontecia e se masturbava deleitosamente. Foi numa dessas fases, quando tentava materializar possíveis imagens, que o som recomeçou. Parecia um colchão de molas rangendo em bulício lento e ritmado. Ele já antevia o que iria acontecer. Começaram as vozes se misturando, ruge-rugindo em profusão de suores e acertos de conta. Tudo junto com o tugir das molas do colchão. Confusão cacofônica. Dissonante chuvarada. Cachoeira de gozo coletivo e retumbante tempestade de ideias na sua cabeça.

A Terceira:

No início foi um miado que virou um rugido perturbador. Ela, a fera, farejou, pisou na sombra de si mesma e rondou a cabana do acampamento. A imagem de dois olhos faiscantes pregou na retina de Saulo. Preferia não ter visto. Tremeu, feito vara verde, com frio e medo. Com a sua roupa encharcada, abraçou o facão com as duas mãos, como se pudesse ter alguma utilidade, e o encostou junto do peito. Pavor total.

Fora da tendola, a cachoeira do poço fundo fez fumaça no breu. Um trovão nascia d´água, que despencava sem parar, caindo lá do alto de onde a Águia do Chile arribou para acasalar. Já tinha aninhado no ano passado e novamente agora. Saulo voltou nesse inverno só para olhar - olhar e ficar olhando - o casal de águias no namoro aéreo dando voltas e voltas, pegando as ascendentes e subindo até sumirem como dois pontinhos lá em cima no céu. Acasalamento lento e cuidadoso. Como deve ser.

Qualquer descuido, o ninho poderia despencar lá do alto. Assim é.

Sabia do casal de suçuaranas, mas só de ouvir falar. Foi a primeira vez que ouviu o som verdadeiro, misto de miado e rugido de fêmea em busca do macho. Só não esperava era pela visitante noturna. Se as águias dançaram silenciosas, a felina anunciou sua chegada com o rosnado do cio. Patas almofadadas, andar de quem vê sem ser vista, a suçuarana rodeava a cabana com intenções. A Águia do Chile foi a única testemunha ocular do ocorrido. A onça procurando, a águia olhando e Saulo se cagando de medo. Assim foi.

 MÃO PESADA

Matoso abriu a porta. Imediatamente sentiu o calor e cheirou a essência de eucalipto. Sua primeira reação foi de recuar, mas prosseguiu. Mesmo com a visão turva, distinguiu quatro vultos sentados nos degraus, em meio ao vapor. Em silêncio, Matoso segurou as toalhas com uma mão e com a outra agarrou um dos muitos baldes plásticos, espalhados pelo chão. Encheu o balde com água fria, que transbordou, e subiu, cuidadosamente degrau por degrau, até achar um lugar que lhe agradasse. Colocou a toalha pequena sobre o piso molhado, e sobre ela sentou-se envolvendo a cabeça com a segunda toalha, de maior tamanho. Apoiou os cotovelos nos joelhos e a cabeça nas mãos, e assim permaneceu – imóvel – olhando para o balde cheio de água, no meio das suas pernas. Mirou longamente a sua imagem refletida na água.

– Quem vai começar? – perguntou, com voz grave, Maradona, sentado no degrau mais alto, com a cabeça quase encostada nos azulejos do teto. Misturava os ingredientes para usar na próxima massagem. Lino apresentou-se e, sem palavras, subiu na direção de Maradona. Como de costume deitou-se sobre um colchão de borracha, onde acomodou a sua barriga volumosa.

– Lembram aquele grupo de sem teto, que invadiu o bairro na semana passada? Pois é, eu passei no acampamento que eles montaram na frente do prédio que ameaçam invadir. Aquele prédio bonito de cinco andares que já foi banco, igreja e o escambau. Passei bem perto e vi o bando de desocupados que ameaça invadir a propriedade e que espera esmolas do governo. Pois é, colocaram o bode na sala e, agora, quem é que irá tirá-los de lá? – comentou Lino.

Chico Leme estava sentado em um degrau abaixo de Matoso. Com o rosto ensaboado, fazendo a barba lentamente, respondeu.

– Se fosse só esmola, não seria problema, mas eles

espantam a minha clientela. O meu bar fica ao lado do prédio. De manhã cedo eu preciso limpar a merda que eles deixam pelo caminho, empesteando a cidade. Sou da opinião de que a polícia tem que descer porrada, mas eles se cagam todos, com medo dos direitos humanos. Só batem mesmo é em ladrão de galinhas. Engravatado, político corrupto, não apanha, nem vai em cana, e invasor tem proteção especial. – completou Chico Leme, interrompido por um grito.

– Oh, negão de merda, vai com calma. Olha o peso dessa mão! – reclamou Lino, deitado de bruços com o corpo todo ensaboado.

Matoso desceu os degraus pé-ante-pé, cuidando para não escorregar. Encheu o balde e derramou a água sobre a superfície quente da caldeira. A água ferveu imediatamente e chiou largando uma onda de vapor denso. Matoso encheu o balde mais uma vez, até que transbordasse a água, que derramou lentamente sobre sua cabeça. Retornou ao degrau escolhido, e repetiu o ato de envolver a cabeça com a toalha. As mãos, segurando o rosto e os cotovelos apoiados nos joelhos. Mirando a superfície da água, lembrou-se do passeio que fez com o seu pai em um domingo:

– Ainda menino andava com o meu pai pela cidade, quando apareceu um casal jovem, levando dois filhos em um carrinho de compras, talvez achado na rua ou roubado de algum supermercado. Os dois jovens estavam sujos e as crianças, esqueléticas, tinham um ar pasmado. Estavam dentro do carrinho juntos com trapos, pedaços de pão, garrafas e tudo o que pudesse ser vendido por qualquer trocado. O meu pai largou a minha mão, e pegou algumas moedas no seu bolso e deu para o casal. Depois retomou a minha mão e atravessamos a rua. Senti o olhar de fome daquelas duas crianças, e eu, puxado pelo meu pai, olhei para trás, na direção do carrinho...

A sua lembrança foi interrompida por outro comentário.

– Naquele acampamento o que tem mais são mulheres e crianças. Onde é que estão os marmanjos? Quem é que sustenta essa cambada? Acho que tem grana de partido político por trás. – comentou Lino, com o volume da voz flutuando ao sabor dos golpes do massagista.

– As lideranças devem estar roubando ou fumando crack por aí. Eu acho que a polícia deveria eliminar de vez esta corja. Ninguém precisa nem saber. É só passar por lá à noite e fazer o serviço. Sei que vai dar assunto para os jornalistas no dia seguinte, mas depois todo mundo esquece. É assim que acontece com os escândalos nesse país. – comentou Chico Leme, cortado por outro berro de Lino.

– Ai... porra! Ô, negão, tua mão tá um chumbo hoje! Qual é? Quer perder o cliente?

O vapor se adensou enquanto a temperatura subiu. Já não era possível enxergar além de um palmo de distância do rosto. Todos suavam e alternavam os movimentos de descer os degraus, repetidas vezes, balançando lentamente as suas gorduras, para colher a água fria que seria derramada sobre os seus corpos, em um ritual previsível. Estavam todos com uma sensação de limpeza reconfortante.

– Eu penso que sou bondoso. Acho que deveriam

poupar as mocinhas mais gostosas. O resto pode detonar. É tudo tralha. É tudo podre. Nunca deveriam ter saído da periferia. – ironizou Olavo, imediatamente cortado por Lino.

– Parece que o Olavo esqueceu que nasceu em um mocó pra lá da Brasilândia, em uma invasão da serra da Cantareira. Você veio branquear depois que ganhou alguma grana. Você tem um pé na periferia. – comentou jocosamente Lino. Olavo levantou-se, desceu os degraus, postou-se à frente da porta e murmurou.

– Está muito quente aqui. Parece que o Lino desandou a falar dos outros. Sempre achei que este pão duro tem sangue judeu, ou cigano, pois não tem paradeiro em lugar nenhum na vida. Também, pra mim não faz diferença, judeu ou cigano, é tudo a mesma merda.

Olavo abriu a porta e saiu para tomar uma ducha, deixando um rastro de vapor ao fechar a porta. Chico Leme moveu-se do degrau mais alto onde se encontrava e desceu na direção da porta. Jogou mais um balde de água no seu corpo enquanto comentou, já a caminho do chuveiro:

– Quer saber? Olavo tem razão. Precisa endurecer. Até mesmo aqui nesta sauna, eu acho que é preciso selecionar melhor o ambiente. Aqui entra qualquer um.

Maradona continuou com o seu trabalho de massagem, aplicou alguns tapas nas costas de Lino, e começou a passar sabão pelo seu corpo, aplicando golpes da vassourinha feita com ramos de eucalipto. Espalhou o sabão, com uma mão, pelo corpo de Lino, enquanto chicoteou a sua pele com a outra, deixando marcas vermelhas. Um ruído forte soava no ambiente azulejado, com o bater da vassourinha. Maradona batia e lembrava-se da história que ouviu da sua avó sobre os negros que apanhavam no tronco. Em dado momento, Lino decidiu:

– Negão, pode parar. Faz uma massagem final e jogue água para tirar o sabão. Cansei de levar porrada. Acho que vou reclamar para o seu chefe. Nesse instante, Matoso saiu da sua posição de pensador, jogou mais um balde de água no corpo, ajeitou a toalha na cabeça e saiu da sauna, deixando o silêncio ponteado pelos gemidos de Lino, coordenados com a cadência das mãos vigorosas de Maradona, que batiam sem parar, concluindo o trabalho. Matoso tomou uma ducha e deitou-se na espreguiçadeira já no ambiente externo da sala de vapor. Não conseguia parar de pensar nas duas crianças que viu na rua, fazia tanto tempo, e continuava a ver o rosto da sua avó. Não compreendia a razão de lembrar tão bem daquelas cenas antigas, que estavam cravadas na sua memória.

Maradona trabalhava solitário. Só ele e Lino na sauna, dentro de uma nuvem densa de vapor. Lino não falava, pois não tinha mais audiência. Todos tinham saído, exceto Maradona, que completou o ritual da massagem pelo seu corpo. Para finalizar, massageou os pés, subiu pelas pernas e dorso, chegando aos ombros. Pediu para que Lino deitasse de bruços e deixasse o pescoço flexível, com a cabeça depositada em suas mãos. Segurou a cabeça com as duas mãos e puxou, fazendo um estalo que causou, em Lino, uma sensação boa. Lino, que ainda estava deitado de bruços, soltou um gemido de prazer. A seguir, como que continuando o seu trabalho,

Maradona retomou a cabeça de Lino nas mãos, e a torceu – lentamente – tapando a boca do cliente com a outra mão. Segurou com força até que Lino não mais respirasse e as pernas parassem de se debater. Maradona levantou-se, encheu um balde com água fria que deixou escorrer lentamente sobre a sua cabeça. Apanhou outro balde, que jogou na caldeira, e saiu deixando o vapor a envolver um corpo inerte, descansando sobre o último degrau. Ao passar pela sala de descanso, despediu-se de Matoso, que ainda lidava com as suas memórias.

✠ SILÊNCIO CISTERCIENSE

No mais absoluto silêncio? Lucas perguntou.
– Sim, disse Irmã Evelin. No mais absoluto silêncio. Você vem comigo e verá que é uma experiência boa. Os monges trapistas não falam ao longo de certos períodos do dia, e da vida.

Lucas aceitou o convite, meio forçado e, quando se deu conta, já estava sentado à mesa de madeira rude com todos aqueles pratos fumegando à sua frente. Os cheiros, de gente e de comida boa, partilhavam o ambiente, e as vidraças das janelas destrameladas filtravam uma luz opaca que chegava devagar aos olhos. A difusa luminosidade desenhava fissuras na madeira velha da mesa sem toalha, marcando também as rugas nos rostos dos monges. Todos, sem exceção, permaneciam no mais profundo silêncio, sentados ao redor da mesa de refeições. Olhando o local, parecia uma televisão que mostrava apenas a imagem, sem som. As pessoas sorriam, cumprimentavam-se e circulavam pela sala. Tudo no mais absoluto silêncio.

No quarto, Lucas viu através de uma porta, de folha dupla de madeira e vidro, entreaberta, algumas pessoas sentadas no chão com as pernas cruzadas em postura zazen. Alternavam discretamente a posição de apoio, demonstrando desconforto. Outras faziam imagem de aparente felicidade com seus olhares mergulhados no nada. Do lado de fora, a floresta de pinheiros circundava a pequena casa que fumegava em pleno inverno da Carolina do Sul. Cada árvore, em posição meditativa, balançava levemente. Também pareciam felizes.

A máquina de datilografar, que pertencera a Thomas Merton, descansava em um canto da sala sem mobília, como a informar da quase presença do escritor. Há muito que suas hastes não imprimem letra alguma nas folhas de papel, outrora colocadas uma a uma no rolo de datilografar. Lucas lembrou-se dos textos críticos desse monge pacifista, possivelmente saídos daquela máquina. Lembrou-se da sua morte trágica, que interrompeu a sua viagem pelo oriente, retalhado pelas hastes de um ventilador. Pelo menos assim noticiaram os jornais da época. Merton viajava para pregar o pacifismo e o diálogo inter-religioso. Incomodava os líderes engajados na guerra do Vietnam. Seu corpo foi encontrado desfigurado no chão da cela monástica, depois da hora da sesta, da qual não acordou. Foi a CIA? Silêncio, não-cisterciense.

Lucas pensou que daquela máquina jorraram, em abundância, textos que se opunham à guerra, outros tantos que aproximaram o ocidente com as práticas orientais, textos que falavam de marxismo e da vida monástica. Quantos deles foram gerados com letras e palavras criadas naquela máquina, que agora descansava no mais profundo silêncio. Tal como os monges à mesa de almoço.

O mosteiro era tranquilo e pobre de objetos supérfluos. Os campos ao redor da casa, artesanalmente preparados, estavam arados e gradeados, à espera do final do inverno. As oficinas de trabalho manual e a cervejaria estavam assentadas em um galpão ao lado da casa central. Tudo lavrado lentamente e em silêncio, como sempre os monges trapistas fizeram desde a sua origem na França medieval. Ao redor, guardando distância segura, ficam as pequenas cabanas onde os monges se internavam em profunda introspecção, saindo do mundo e recebendo cuidados dos seus companheiros. Lá reina o silêncio do silêncio.

As pernas de Lucas formigavam e ele não tinha mais posição que o sustentasse. – Por que fui entrar nessa de aceitar o convite da Irmã Evelin? Essa coisa de cruzar as pernas, pensar em nada, esvaziar a mente, cuidar só do ritmo da respiração, abster-se dos pensamentos, quaisquer que sejam, é coisa estrangeira para mim. – Lucas bem que tentou, mas os seus pensamentos o atacavam vorazmente, exóticos, eróticos – ah, aquela moça meditando à sua frente – pensamentos coloridos, proibidos, tudo aquilo que nada tinha a ver com o local, zombavam dos seus miolos ocidentais. Era como se a sua mente pregasse uma peça no seu dono. Ele não era capaz de se controlar.

À mesa, a fome bateu. – Como eu faço pra pedir a travessa com o feijão? – Lucas olhou nos olhos do monge que sorria um sorriso maroto e logo lhe passou a travessa pretendida. – Como é que vou alcançar aquele jarro com água na outra ponta desta mesa enorme? – Outro monge que olhava para Lucas passou a jarra de mão em mão na direção de Lucas que, surpreso, via irmã Evelin divertir-se com o seu ar de desentendimento. Era uma comunicação pelos poros, pelos olhares, pela fala corporal. Lucas olhava para a Irmã Evelin e enxergava a mulher de fibra, crítica das regras de Roma que não compreendia e nem aceitava, e que escrevia poemas eróticos.

A regra local era de falar apenas o estritamente necessário, em certas horas do dia e em alguns locais do mosteiro. Mais do que uma restrição, era uma prática lúdica de continência verbal. Lucas levantou-se da posição de zazen, estalou os seus ossos e não conseguiu apoiar o seu pé no chão. A perna dormia bêbada. Andou ao redor do mosteiro e pensou na escolha daqueles homens. Lucas sabia que iria embora e que eles permaneceriam, perenemente, naquela rotina.

Ao final da refeição, vieram as despedidas. Na hora de seguir viagem Lucas foi a passos lentos até o seu carro, acompanhado pela Irmã Evelin. Não trocaram nenhuma palavra. No silêncio da despedida Lucas achou que ouviu – ou intuiu ouvir – alguém gritando o seu nome! Voltou o seu rosto e viu uma figura sanchopanciana de um velho monge correndo sem jeito, com o suor escorrendo abundantemente pelo rosto, ele agitava os braços levantando uma sacola. Chegou ao lado de Lucas, olhou bem nos seus olhos e disse:

– O Senhor esqueceu a sua cerveja.

PLETZALE

Julio saiu de sua casa e caminhou pela vila operária na direção do portão da rua. As portas e janelas das casas geminadas pareciam observá-lo à sua passagem. Ao sair da sua casa, empurrou a porta para verificar se ela estava realmente trancada. Em resposta ao leve esforço a porta abriu-se, o que o fez lembrar-se do antigo plano de consertar a fechadura e reformar a casa. – A fechadura e a porta são as mesmas desde a minha infância. Só que hoje eu não vou ter tempo para fazer este reparo – pensou Julio, enquanto alcançava a grade de ferro antiga que separa a vila, formada por casas idênticas, da rua cheia de galpões comerciais. Ao sair, dobrou à esquerda, subiu a ladeira, atravessou a primeira esquina movimentada, e seguiu por três quarteirões até o Pletzale. Fez os mesmos movimentos que fazia todos os dias, previsíveis e lentos. Chegou transpirando ao local, que não chegava a ser uma praça, mas era um ponto de encontro. Uma esquina onde se cruzam duas ruas sem simetria, indicando total falta de planejamento. Atravessou a calçada, onde alguns homens se aglomeravam, discutiam, conversavam e argumentavam, em iídiche. Julio pensava na angulação estranha do cruzamento das ruas, que deve ter nascido dos desvios de obstáculos que existiam no caminho. Os nomes do bairro sugeriam locais aprazíveis como: Bom Retiro, Areal, Três Rios, mas deixaram de ser havia muito tempo. Julio andava falando consigo mesmo em voz alta. Era o seu costume. Ia colocando as ideias em ordem. – Todo este bairro é assim. Um monte de ruas sem planejamento. Antigos caminhos entre sítios de recreio, nos arredores de uma São Paulo que não existe mais. - Julio aproximou-se da parte da rua onde a aglomeração era maior e só era possível ouvir um murmúrio contínuo de vozes. – Gite morgen. Será que daria para você desencostar da porta para me deixar abrir a loja? – falou Julio para um homem franzino, que se afastou, permitindo que ele se aproximasse da pequena porta de aço dobrável, fechada por um cadeado desproporcionalmente grande. Enquanto abria a porta, continuou a falar com o homem. – Parece que você ainda não cresceu. Carrega essa cara de menino, sempre sonhando e atrapalhando o caminho dos outros.

Nem barba ainda tem e já com duas filhas. Isso você sabe fazer. – Enquanto esbravejou, bateu com as mãos nos bolsos para achar as chaves com que abriu o cadeado, libertando o rolo de aço que, sozinho, se enrolou e subiu, abrindo a metade da altura. Julio curvou-se e enfiou o seu corpo embaixo da porta, que empurrou para cima com as suas costas. A porta subiu fazendo um barulho metálico de arrasto. – Preciso engraxar o trilho para fazer menos força e menos barulho – pensou Julio ao entrar no pequeno ambiente empoeirado. Caminhou na direção da escrivaninha e da cadeira, as únicas mobílias, e acendeu a lâmpada, que, segura apenas por um fio, pendia do teto.

Saul, o dono do espaço, cobrava uma porcentagem pelos pequenos serviços que Julio prestava para os comerciantes locais. Não era bem um aluguel. Era uma proporção do ganho, pago com base na confiança. A cada serviço prestado, Julio separava a parte do proprietário que colocava em uma das duas gavetas da escrivaninha. Ao final do dia, sem perguntar, Saul entrava, abria a gaveta e coletava a sua parte. Julio fazia pequenos serviços de banco, entregas de volumes, de recados comerciais e até de recados amorosos. Tudo aquilo que pudesse facilitar a vida de alguém, seria capaz de gerar alguma remuneração. Era o trabalho de que Julio gostava, principalmente por permitir um tempo inútil entre os serviços. Era o tempo que ele gastava com suas leituras. Dedicava-se a ler livros de Marx, Engels, Rosa de Luxemburgo, Simone Weil, Walter Benjamin, de Martin Buber e outros autores ligados ao humanismo e socialismo. Lia também os jornais que circulavam com mensagens para a classe trabalhadora. Misturava religião, socialismo, misticismo e filosofia, além do humanismo agnóstico. Caso ninguém entrasse na loja, haveria mais tempo para as suas leituras, o que era bom. Se entrasse alguém, iria faturar alguma coisa, o que também era bom. Assim Julio não reclamava, pois, na verdade, precisava de muito pouco para viver.

O sol de verão brilhava bem na frente da sua porta, a partir das 10 horas da manhã. Pela sombra projetada, nem era preciso levantar os olhos dos livros para saber que alguém passava pela calçada. Foi assim que uma sombra um pouco mais demorada estacionou, roubando-lhe a iluminação natural do sol. Julio ouviu um sonoro – Sholem Aleichem! – gritado por um jovem de barba rala, quase adolescente.

– Aleichem Sholem! Bom dia, Josel. Ainda não tem

serviço hoje. Quando eu precisar sair, te chamo para tomar conta da loja. O menino Josel, olhando para o chão, pediu desculpas por interromper a leitura de Julio.

– É que eu preciso falar com o senhor, agora – cochichou quase inaudível, o jovem.

Julio depositou o livro sobre a mesa e encarou Josel com ar de impaciência. – O que você quer?

O jovem continuou a olhar para o chão, enquanto titubeava escolhendo as palavras para começar a conversa. Por fim falou.

– É que eu..., bem... Eu fiquei sem nenhum dinheiro e preciso comprar comida... A minha mulher não tem emprego... está grávida... hoje é véspera do Shabat... eu preciso...

Julio interrompeu a fala truncada do menino.

– Bom...bom...bom, já entendi, você casou antes do tempo. Não deveria ter caído nas mãos daquela "casamenteira". Eu já te falei que esses métodos são coisa do passado. Você deveria ter trabalhado primeiro, para se casar depois. Essa coisa das famílias religiosas de fazer filhos desde cedo e depois precisar de um monte de gente para fazer doações, não me agrada nada. Haja sinagogas para cuidar e mortos para rezar. – Enquanto esbravejava, abriu a gaveta e tirou um maço de notas que colocou nas mãos de Josel.

– Obrigado – falou o jovem, já correndo para a rua.

No sábado o movimento era pequeno, mas Julio preferia ir à loja e ler Marx a ir à sinagoga ler a Torá. Já no domingo, o Pletzale era movimentado.

– Seu filho da puta. Você me roubou!

Julio interrompeu a sua leitura, ao ouvir a gritaria vinda da rua em plena manhã de domingo. Aos domingos havia certo silêncio no local, diferente dos dias de semana, pois o comércio formal estava fechado, ainda assim muitos negócios eram fechados e entregas eram combinadas para serem feitas na segunda feira. Julio baixou o livro à escrivaninha e caminhou lentamente em direção à porta. Aos domingos deixava metade da porta fechada, para não caracterizar que estivesse trabalhando e, assim, chamar a atenção dos fiscais, que sempre andavam por lá a recolher o seu numerário. Em um gesto que lembrou um boxeador entrando em um ring, Julio ultrapassou o obstáculo da porta semicerrada e viu uma mulher furiosa, o dedo em riste, gritando com um homem.

– Você me disse que o relógio era de ouro 18 quilates. Eu acreditei e paguei o quanto você me pediu. Dei o presente para o meu melhor amigo. O ouro era falso. Você me fez passar vergonha. Quero o meu dinheiro de volta. – Um homem obeso ouvia os gritos sem se perturbar. Ouviu, olhou para o seu relógio e para a esquina, como se esperasse por alguém. A mulher continuava a esbravejar.

– Você aparece por aqui uma vez a cada muitos meses. Ninguém te conhece direito. Eu vou acabar com a sua reputação. Ninguém vai vender nada para você ou comprar algo que você ofereça. – E continuava em uma ladainha infinda, até que o homem gordo, sem olhar no rosto da cliente, tirou do seu pulso o relógio de ouro cravejado com brilhantes e o colocou nas mãos da mulher.

– Tome, senhora. Ninguém vai dizer que Moise é um mau caráter. Eu só faço negócios que os outros aceitem.

A mulher olhou para o objeto com os olhos arregalados. Tinha a aparência de um relógio suíço e, pelo seu peso, deveria ser verdadeiro. Ela tomou o objeto em suas mãos e caminhou na direção da loja de Julio, que observava a cena. Ao redor da mulher, em círculos concêntricos, os frequentadores do Pletzale formavam um tribunal informal que observava e julgava o ocorrido. Dali sairia o veredito, se Moise poderia continuar a negociar no local. Assim que o relógio mudou de mãos, uns começaram a falar com os outros e a notícia rapidamente se espalhou. Todos sabiam quem era Moise. O comerciante que aparecia vez ou outra, vindo do Rio Grande do Sul, onde comercializava tudo que tivesse valor. De prostitutas a joias, de roupas novas ou usadas, até relógios de ouro. De promessas de casamento a casacos de inverno. Tudo que pudesse ser trocado, se o cliente não reclamasse, estava feito.

– Julio. Quanto vale este relógio? – perguntou a mulher.

– Dona Malka. Este relógio já circulou em muitas mãos aqui no Pletzale. Eu conheço o seu valor. A senhora pode vender e pagar o aluguel do quarto onde vive, por alguns anos. Se vender, terá uma renda boa para o seu dia a dia.

A mulher olhou assombrada, colocou o relógio na bolsa e desapareceu dobrando a esquina, sem mais falar.

Julio caminhou na direção de Moise, parando à sua frente, e olhou bem no seu rosto.

– O senhor não precisava ter enganado aquela mulher.

– Eu não a enganei. Nunca disse que o outro relógio era de ouro. Foi ela que deduziu. Eu só pedi um valor por ele, e ela aceitou pagar.

– E agora pagou cem vezes mais, quando deu em troca um objeto muito mais valioso. Eu não entendo a sua lógica.

– Caro Julio, nós nos conhecemos há muitas décadas, desde que eu frequento este lugar. Você e eu temos uma trajetória estável. Todos nos conhecem. Sabem que eu faço negócios para ganhar e que sempre garanto os resultados. Você é diferente. Não faz negócios, mas sempre sabe de tudo o que se passa, e a sua opinião é respeitada.

– É, nós somos muito diferentes.

– Eu sei. É por isso que você está sempre na merda. Eu sigo amanhã para Porto Alegre e volto no mês que vem, pois tenho um grande negócio em vista. Negócio sério e bom. Desses que eu gosto de fazer. Mas, preciso de ajuda. Aceita almoçar comigo no Europa? Eu explico o negócio para você.

– Julio fechou a porta de ferro e ambos seguiram pelo quarteirão na direção do restaurante.

Na segunda-feira, pela manhã, o Pletzale se encheu de gente em pouco tempo. Moise, o senhor gordo, estava sentado a uma mesa enferrujada de bar, posta na calçada. Ele utilizava a mesa ao lado do telefone público, de onde fazia e recebia chamadas de negócios. Ali era o seu escritório de trabalho em São Paulo. Rabiscou o seu caderno de notas e avistou, na calçada do outro lado da rua, a pequena loja de Julio com a porta de ferro meio aberta. Ali, sentado na soleira da entrada, estava o jovem Josel. Naquele horário, o silêncio era total, o que permitia que Moise ouvisse, do outro lado da rua, as vozes dos clientes que interrompiam a leitura de Julio, sentado na cadeira posta na calçada. Na esquina, as luzes da sinagoga foram apagadas após as orações matinais.

Moise fazia as contas no seu caderno e tramava. – Se eu conseguir arrumar um fornecedor de pedras, acho que volto para Porto Alegre com o bolso cheio de dinheiro.

Julio parou de ler e aproximou-se de Moise, curioso nas anotações que fazia.

– O que você está planejando desta vez? – indagou Julio.

– Eu vendi algumas pedras semipreciosas da região de Ouro Preto.

– E onde estão as pedras?

– Este é que é o probleminha que eu tenho que resolver. Ainda não tenho as pedras. Mas isto não é exatamente um problema para mim. Eu sempre vendi antes e comprei depois, e os meus clientes em geral ficaram satisfeitos. Agora só preciso achar um comerciante de pedras que conheci no ano passado.

Enquanto Julio retomava a leitura, Moise olhava atentamente para o seu caderno e pensava que seria preciso encontrar o comerciante das turmalinas brutas. Tentava lembrar como é o nome daquele mineiro de Ouro Preto, que conheceu no Hotel do Largo General Osório. Jair, Altair, Aldir? Revirou o seu caderno até encontrar o nome e o telefone do comerciante de pedras. Lá estava o nome; Aldir e o número do seu telefone. Sem levantar da mesa do seu escritório improvisado, estendeu a mão e alcançou o telefone público. Falou longamente com Aldir, com quem tratou da compra das pedras.

Ao desligar o telefone público, percebeu a aproximação de alguém. Sem levantar a cabeça, olhou para a calçada e viu um par de pernas femininas enfiadas dentro de uma meia de seda desfiada, calçando um par de sapatos desgastados. Ele levantou os olhos e gritou:

– Lena... Minha querida Lena! A mulher mais bonita de toda a shtetl. – Falava sem dar chance para uma resposta. – Você ainda não encontrou um trouxa para te sustentar? Nem um par de sapatos novos você pode comprar?

Lena tinha o rosto marcado pela pintura carregada que escondia alguma idade. Olhou para Moise com indiferença e lembrou-se da última vez que o encontrou naquela mesma esquina. – E você ainda continua enganando quem não te conhece? Onde estão os seus fregueses? – perguntou Lena sentando-se à mesa de trabalho do escritório improvisado.

– Os meus fregueses devem estar junto com os seus. Acho que nós dois precisamos mudar a nossa estratégia de negócios. Preciso de alguém bonita, charmosa, perfumada e com uma meia desfiada... Você conhece? É para me ajudar a fechar um negócio.

Lena olhou detidamente para Moise e tentou imaginar qual seria a próxima enrascada.

– Josel! Venha aqui. Precisamos conversar com você. – gritou Moise reunindo os dois, o menino Josel e Lena, à sua mesa. – Tenho um serviço para vocês dois. Pago adiantado. Lena vai até o hotel General Osório. Pergunte por Aldir, o comerciante de pedras. Já tratei com ele e as pedras estão disponíveis. Use o seu charme e tente pegar o produto em consignação, ou pague com este dinheiro – passando um maço de notas para Lena – Eu tenho um comprador que vai pagar muito bem pela mercadoria. Traga as pedras até a minha pensão na Rua do Areal. Você sabe muito bem onde eu me escondo em São Paulo. Amanhã, às seis da tarde, você, Josel, me encontre aqui para pegar as pedras. Você vai tomar o bonde e seguir até o Largo Paissandu. Lá vai encontrar o comprador, na porta do cine Olido, ao lado da Galeria na São João. O seu nome está escrito neste bilhete. A Lena o conhece bem e vai estar por lá para te mostrar quem é o comprador, que é cliente dela. Você vai entregar as pedras e pegar o dinheiro. Eu vou te esperar aqui mesmo. Simples. Compreendeu? Farshteit?

Lena seguiu para o Largo General Osório e parou no restaurante ao lado do hotel. À sua frente os camburões entravam e saiam do prédio do Departamento de Polícia. No saguão, o piso de granito claro tinha o desenho de uma rosa dos ventos, apontando o norte para a entrada do edifício. Lena aproximou-se da recepção e perguntou por Aldir.

– Qual é o seu nome? – perguntou o porteiro com a mão em concha sobre um dos ouvidos. Ao repetir, Aldir, a voz de Lena ecoou pelo saguão, chamando a atenção do homem de meia idade que tomava um café. O recepcionista apontou para o homem que se aproximou. Lena reconheceu o seu cliente eventual, que era o comerciante de pedras de Ouro Preto. Conversaram um pouco, Aldir a convidou para subirem ao seu quarto, e depois de se convencer da segurança do negócio, aceitou-o, mas deixou claro:

– Lena, mesmo que eu não acredite que você seja boa negociante, vou deixar as pedras em consignação. Se você não trouxer a grana amanhã, eu deixo algumas marcas na tua cara, que é para você nunca mais se esquecer de mim.

Eram cinco horas da tarde quando Josel pegou a mala com as pedras e seguiu, de bonde, na direção do largo Paissandu. Na mala, estavam as pedras trazidas por Lena, misturadas a outras, de qualidade questionável, que Moise trouxera do Rio Grande do Sul.

– Pode levar, Josel. É tudo a mesma coisa. Apenas lembre-se de colocar nas mãos do comprador só as pedras trazidas pela Lena, que estão por cima das outras.

Se o cliente reclamar, o problema é meu. Você traga a mala de volta. Dando certo, pegue o dinheiro e me traga aqui no escritório.

Lena e Josel saíram pela rua vazia, lado a lado, conversando sobre o serviço que teriam que fazer. Tudo parecia simples e o pagamento seria feito assim que ambos voltassem para o Pletzale. Tomaram o bonde que seguiu para o centro da cidade. O menino carregava a mala com alguma dificuldade, e Lena seguia na frente, apenas para indicar quem era o cliente. Cruzaram a praça contornando a igreja dos pretos. O local estava cheio de gente de circo, artistas caipiras e garçons. Todos em busca de trabalho. Lena era conhecida pelos palhaços velhos que frequentavam o local. Ao chegar próximo ao bar, avistaram o cliente e Lena indicou com um sinal de olhos para Josel, quem era a pessoa, sentada ao lado do balcão do bar. Um mulato, com espessos bigodes. Era um comerciante que vivia entre São Paulo e as cidades ao longo da Ferrovia Paulista. Comprava e vendia de tudo. Josel apresentou-se, dizendo:

– Trago as pedras que o seu Moise mandou. O comerciante pediu para que subissem ao quarto do hotel que ficava no mesmo edifício do bar. Entrando no quarto o cliente perguntou:

– Menino, de onde são estas pedras? Quero ver.
– Josel abriu a mala e derramou o conteúdo sobre o lençol branco-amarelado da cama. Da janela do quarto, o cliente deu um assobio, chamando o seu parceiro, policial aposentado, que estava na entrada do hotel. – Ó Pereira, sobe aqui que eu tenho um serviço para você.

O comparsa entrou no quarto e ouviu o comerciante – Este menino trouxe umas pedras que eu comprei para revender. Tem muita coisa ruim e quase nada de bom. Não foi o que eu tratei. Despeja o menino na rua e fale para ele sumir. Se voltar, dê uma surra de endireitar pau torto.

Josel vazou escada abaixo sem o pagamento e cruzou a praça, tropeçando em palhaços e malabaristas. Seguiu na direção de Pletzale, sem mala, sem pedras, sem dinheiro e sem nenhuma esperança. Lena não poderia voltar para a General Osório e Josel não poderia voltar para o Pletzale. O combinado não deu certo.

Segunda feira era dia de movimento para Julio. Os negócios fechados no domingo precisavam ser pagos, entregues e acertados. Sempre havia entregas a fazer, recados a levar. Logo pela manhã, seu Antero, um senhor mulato de avental branco, andava pelo bairro com uma cesta de vime cheia de beigales, recém-assados no forno da padaria do seu Aron, na Rua Júlio Conceição. Em geral andava meio quarteirão e precisava retornar para repor o estoque. No caminho, encontrava com os habitués e com eles trocava as mais recentes informações sobre a vida do bairro. Naquela manhã Antero espalhou a história do sumiço de Moise, o comerciante gaúcho.

– Nem pagou a conta da pensão da Rua do Areal. Dona Concetta ficou uma fera! Chamou-o de sem-vergonha e outras coisas, em italiano. – Antero andou mais meio quarteirão, gritando o nome da mercadoria, que vendia com facilidade. Recebendo o dinheiro, desamassava as notas e as colocava entre os dedos da mão esquerda e, com a direita, manuseava os beigales. A notícia se espalhou e foi enriquecida, quando Vicente, o policial, contou sobre a ocorrência do Largo General Osório. – Parece que Lena, aquela puta que anda sempre por aqui, foi espancada por algum cliente que a deixou largada na calçada, perto da Estação da Luz.

Quando Julio soube da notícia correu para saber de Josel, que não tinha voltado ainda para a sua casa. A jovem esposa e os quatro filhos estavam assustados, sem saber o que fazer. Julio voltou para a loja e sentou-se à mesa do escritório a céu aberto de Moise, onde estava seu Antero, descansando com a cesta de vimes quase vazia.

– Seu Antero, o senhor já viveu muitos anos. O seu Aron explora o seu trabalho todos os dias. O gaúcho Moise explora Josel e Lena e engana muita gente, todos os dias. O policial Vicente vive querendo propina para deixar Lena fazer o seu trabalho. Lena é explorada por todos, todos os dias da sua vida. O vereador do bairro, Dr. Diamante, só aparece para garantir voto antes da eleição. Depois desaparece e participa de mutretas que lhe garantem uma renda muito boa. Até já mudou de bairro. Agora mora em um prédio novo, lá em Higienópolis. Bairro rico. Eu nem fico surpreso. A exploração do proletariado está bem descrita nos livros que eu leio. Vou mostrar pro senhor. Será que ninguém mais tem vergonha? O senhor sabe onde Lena está internada?

– Seu Julio, pegue um beigale aqui. Fique calmo. Ela está mais ou menos bem, lá na Santa Casa.

– Eu vou fechar a loja e dar um pulo lá. Quanto eu pago? – perguntou Julio a Antero, que respondeu objetivo.

– Hoje não é nada.

A história das pedras enriqueceu os relatos dos frequentadores do Pletzale. Tempos depois, numa manhã de segunda-feira, o dia começou movimentado para Julio. Uma chuva fina trazia mais clientes para a sua loja, pois prefeririam evitar as caminhadas sob a garoa, contratando-o para fazer os pequenos serviços. Seu Antero aproximou-se discretamente, com um plástico a cobrir a sua cesta de vime cheia de beigales, e uma capa para protegê-lo da umidade. Parece que tudo andava em ritmo lento sob as nuvens densas. A garoa embaçava os olhos.

Josel, que, agora, cultivava uma espessa barba e se tornara ajudante do policial Vicente, se aproximou para conversar como fazia todas as manhãs, mas logo foi chamado pelo chefe policial.

– Menino, veja se passa nos cinco endereços que te dei para visitar hoje. Sem atrasos, sem desculpas e sem lero-lero. O comércio precisa de alguma ordem para funcionar bem. E para ter ordem, eu preciso coletar o meu dízimo, você não acha? – Josel tornara-se uma espécie de ajudante de ordens de Vicente, para serviços especiais. Assim o policial evitava expor-se a riscos de ser delatado. Embora todos temessem represálias, Vicente sabia que era melhor evitar o contato direto. Julio e Antero viram a cena e ouviram a conversa entre Vicente e Josel. Entreolharam-se como que reforçando a crítica à corrupção e à ganância, o que motivou o comentário de Julio a boca pequena.

– Seu Antero, grande ou pequena, corrupção é corrupção. Nos regimes onde impera a revolução do povo, os países não padecem mais deste mal. A cada um o Estado dá aquilo que necessita. Todos vivem em igualdade. Ninguém precisa competir para viver. Na União Soviética não existe corrupção e quem se atrever, vai parar na Sibéria para morrer de fome e frio. Assim foi feito com a família do Czar. Lá, certamente, Vicente estaria na Sibéria e Josel teria um emprego decente. Não precisaria se corromper para sobreviver. A ditadura do proletariado é perfeita.

– Será que funcionaria no Brasil? – perguntou Antero sem parar de contar o dinheiro entrelaçado nos dedos da sua mão esquerda, enquanto a direita arrumava os beigales na cesta de vime.

– Claro. O tempo dirá. Você ainda verá os líderes comunistas transformando o nosso país e acabando com a corrupção. Teremos reforma agrária. Teremos um salário, pago pelo governo, suficiente para comer e morar. Vamos trabalhar para o Estado. É a sociedade do futuro. O mundo caminha a passos largos para o socialismo.

– Mas, seu Julio, me responda. Se todo o mundo ganhar uma mesada do governo, de onde é que ela vai sair? – Antero não ouviu resposta, continuou a contar o dinheiro, enquanto imaginava se ele gostaria de trocar o emprego na padaria do seu Aron por um emprego do Estado. Qual dos dois seria melhor patrão? Antero já tinha idade avançada, e os beigales lhe davam o suficiente para viver, além da rotina de contatos no bairro. Embora idoso, os seus olhos ainda tinham acuidade suficiente para ver uma senhora bem trajada, aproximando-se da esquina do Pletzale.

– Julio, aquela ali na esquina, não é a Lena?

Julio olhou para a mulher de meia idade que se aproximava, trajando um fino vestido negro e uma capa de chuva. Levava uma sombrinha desenhada com motivos chineses.

– Parece o andar da Lena, mas a roupa é muito chique para ser ela. – A mulher se aproximou, fechou a sombrinha que a protegia da chuva e tirou os óculos escuros.

– Olá, seu Julio. O senhor ainda se lembra de mim?

– Lena! Você está muito chique. Eu não a reconheceria pelas suas roupas. Faz algo como cinco anos que não nos vemos. – Lena sorriu e ambos entraram na loja de Julio, dirigindo-se à mesa dos fundos.

– Seu Julio, o senhor e a sua loja não mudaram nada. Continua a ser este lugar escuro e sem graça. – Julio percebeu que não apenas as roupas haviam mudado. Parecia que Lena era outra mulher. – Seu Julio, eu tenho um serviço especial para o senhor. Serviço seguro e com bom pagamento. O Sr. Moise deverá passar por aqui, ainda nesta semana, e entregará uma mala. O senhor nem precisa abrir. É só pegar e levar para o hotel na General Osório, para o senhor Aldir.

– Lena. Que mal eu pergunte. Não foi este o vendedor das pedras que te valeram aquela tremenda surra? – Lena levantou-se, deixando um envelope com o pagamento sobre a mesa de Julio. Caminhou na direção da porta e respondeu:

— Exatamente, senhor Julio. O Aldir é o homem das pedras. Elas vão para Moise, que as manda para o exterior. O esquema está montado no aeroporto de Congonhas, com o Vicente dando cobertura.

— Lena, mas não foi o Vicente mesmo que te encheu de porrada.

— Caro senhor Julio, digamos que ele gostou de me bater. Agora somos todos sócios, entende? — disse Lena, seguindo na direção da esquina. Julio e Antero se entreolharam.

— Seu Antero. Preciso de uma ajuda sua. É urgente. Arranje-me um marceneiro para consertar a porta de casa.

ENCRUZILHADA

O amanhecer é sempre igual – falou Homero, sentado no banco traseiro do seu carro preto, ao aproximar-se do portão da sua casa.

– Pode repetir, Senhor? Não entendi o que o senhor disse. – indagou Damião, enquanto dirigia o carro, cujos vidros escuros e detalhes niquelados refletiam a iluminação da rua.

O carro era tão magnífico quanto o portão da casa, sólido e talhado em madeira maciça, lavrada no tronco de uma árvore amazônica. As empresas do Dr. Homero exploravam madeira extraída da floresta amazônica, a maior parte cortada ilegalmente. Os troncos eram conduzidos pelo rio Paru, em grandes aglomerados flutuantes, até atingirem o rio Amazonas e daí seguiam para as serrarias próximas a Belém, de onde finalmente eram transportados de caminhão para São Paulo, com os documentos devidamente falsificados. O portão talhado em mogno teve essa origem, assim como a maior parte da fortuna de Homero.

O carro aproximou-se lentamente da casa, sem fazer ruído perceptível. A garoa da madrugada fazia conjunto com a densa neblina paulistana, que se depositava sobre os vidros do carro blindado. Ao parar defronte ao portão, os vidros baixaram vagarosamente. Homero sentiu o ar fresco bater em seu rosto e pensou na mesmice das manhãs, em especial aquelas que sucedem noites não dormidas, vividas em alguma balada. Homero respirou profundamente, sentiu o cheiro de fumaça misturado a outros odores matinais. Suspendeu a respiração, como que tragando o ar carregado, ao ver alguns pratos de barro cheios de comida, arrumados na esquina da rua. Em um prato maior, havia velas de várias cores que davam um toque artesanal a instalação. Algumas velas ainda tinham as chamas acesas, desafiando a garoa e a brisa que só as faziam tremeluzir. Os pratos não estavam apenas cheios. Transbordavam de comida, formando um conjunto harmônico ao lado das velas e de uma garrafa de cachaça. Todo o arranjo foi colocado com cuidado, bem no centro do cruzamento das ruas, ao lado do portal de mogno.

– Damião. O que é aquilo no chão perto do portão da minha casa? – disparou Homero, retomando a respiração.

– É uma entrega, uma oferenda de umbanda, Doutor. É um agrado para alguma entidade. Um trabalho que, pela cor das velas, deve ser para Exu. O trabalho é sempre colocado em alguma encruzilhada que, neste caso, é a esquina da sua casa. – explicou Damião, sem tirar as mãos do volante.

Com voz autoritária, Homero ordenou:

– Pare o carro, Damião, vá lá e retire essa coisa de perto da minha casa. Junte essa tralha e jogue tudo no lixo. Quero a rua da minha casa limpa.

– Doutor, não me obrigue a fazer isso. Se eu fosse o senhor, não mexeria no despacho – respondeu, pausadamente, Damião com voz grave –, não se deve mexer com coisa feita para as entidades da Umbanda. Se alguém fez o despacho, é porque foi mandado fazer. Tem alguma intenção.

– Ignorância! Você está ficando cada vez mais velho e mais estúpido, Damião – bradou Homero, enquanto abria a porta com violência. Descendo do carro, o homem pôs-se em pé no meio da rua, arrumou o nó da gravata e dirigiu-se à encruzilhada. Olhando para a entrega, falou para Damião:

– Se você tem medo de me obedecer então eu faço sozinho – Homero recolheu os pratos, chutou as velas e jogou tudo em uma lata de lixo que ficava permanentemente na esquina. Tirou um lenço do bolso, enxugou as mãos do sereno condensado nos pratos de barro, agora jogados desordenadamente sobre o monte de lixo ainda a ser recolhido. Perdida a ordem que mostravam antes, transformaram-se em meros pratos de barro jogados ao lado de restos de comida, sem nenhum significado. Homero voltou para o carro arrumando a gravata e ordenou a Damião que seguisse para a garagem, passando pelo portal amazônico. À medida que o portão automático se abriu, Damião pensou que o patrão não deveria ter feito aquilo. Era uma falta de respeito com uma entidade. Não poderia dar em coisa boa, isto de destruir uma entrega. Damião lembrou-se de que conheceu o seu patrão e a sua família na infância. Este tipo de atitude não o espantava. O pai de Homero, Doutor Mario André, foi engenheiro e executivo da empresa construtora da ponte Rio-Niterói. Era amigo dos militares e ganhou muito dinheiro nos anos 70. Foi quando comprou a propriedade onde construiu a casa hoje habitada por Homero, além de muitas outras propriedades no Amazonas e Pará. Terras que nunca chegou a visitar, mas cuja posse assegurou uma vida de luxo, até a sua morte precoce, de enfarto, no quarto de luxo do melhor hospital de São Paulo. Na época até a imprensa noticiou. Homero foi criado pelas empregadas, pois, Dona Carolina, sua mãe, passava a maior parte do tempo internada com depressão, ou viajando para Miami, local onde escolheu para viver. – Este menino sempre foi assim. Teve tudo o que quis e sempre quis tudo na hora. Nunca soube esperar – pensou Damião.

Alguma claridade já se apresentava no céu quando o carro retomou o movimento. Homero olhou a pequena entrada da casa vizinha. Era um portão de madeira velho, cercado por duas primaveras, uma de cada lado, que se estendiam sobre uma cerca baixa, que certamente não estava lá para proteger a casa. Cumpria apenas o papel de delimitar o espaço entre a rua e o terreno. Dava para ver, da rua, uma alameda com pedriscos que levava até uma única casa, desproporcionalmente pequena, situada no centro do amplo terreno. Do ponto onde estava o carro, Homero pode ver a sombra de uma pessoa projetada no vidro fosco da janela que, possivelmente, era da cozinha.

– Damião, procure aquela mulher que mora nesta casa. Veja quanto ela quer para vender a propriedade. Faz tempo que ela me incomoda. A construção não tem o padrão das outras casas da rua, e eu preciso completar os dez mil metros quadrados de terreno para fazer um projeto neste local. Estou comprando os fiscais da prefeitura para contornar a legislação de edificações. O mais barato neste plano vai ser a compra do terreno dessa mulher. Ela mora aqui desde que eu nasci, mas raramente a vi. Você a conhece?

– É a Dona Helena. Mora aqui faz muito tempo. Antes mesmo do Dr. Mario André comprar o terreno. Ela é artista plástica e seu falecido marido foi ator e colecionador de arte.

– Não importa. Passe no escritório amanhã e pegue o documento que o advogado vai te entregar. O nosso jurídico sugeriu que seja feita uma aproximação primeiro, só com um documento que confirme as divisas entre as nossas propriedades. Mostre para ela e explique que eu preciso que ela reconheça os limites dos terrenos para atualizar a documentação. Depois, em outra visita, você vai contar o resto da história. Vai dizer que eu quero comprar a sua casa e o terreno todo. Daí eu espero que ela assine um compromisso de venda e estará tudo resolvido. Ao mesmo tempo eu resolvo o problema com a prefeitura e arrumo o meu apartamento da cidade, para onde vou me mudar. Amanhã vá procurá-la e veja qual é o preço dela. Os putos dos fiscais da prefeitura já me deram o seu preço, tenho certeza de que o dela deve ser mais barato.

O botão da campainha estava encoberto pela hera, que se espalhou crescendo livremente sobre o muro e invadiu a instalação elétrica da entrada da casa. Parado na frente do portão, Damião procurou por D. Helena, entretanto só avistou a casa, que parecia vazia, bem no centro do terreno em uma pequena elevação. O sol da manhã refletiu a cor branca da pintura à cal, recém-lavrada. Ao lado da casa havia uma pequena horta e um galinheiro, visíveis quando Damião aproximou-se do portão. A ausência de altos muros, o tamanho da casa, a horta e a entrada de pedriscos de cascalho não sugeriam uma residência de um bairro paulistano de classe média alta, sujeita a roubos e invasões. A proprietária aparentemente não se preocupava com ladrões. Damião apertou o botão da campainha, e nada aconteceu. Apertou novamente, prestando atenção em algum sinal de vida, sem sucesso. Olhou para cima e viu um pequeno sino pendurado na cobertura de telhas sobre o portão de entrada. O sino tinha uma corrente amarrada ao badalo. Damião puxou a corrente fazendo soar o sino, que mostrou um timbre agradavelmente agudo, cujo som se prolongou suavemente por alguns segundos. Esperou mais um pouco e já se preparava para tocar uma segunda vez, quando viu a velha senhora, distraída, abrindo o portão da horta, e dali saindo com as mãos cheias de folhas de couve e cenouras ainda com as ramas. Quando D. Helena avistou Damião, sorriu e largou um sonoro: – Ora, ora, bem vindo. Veja estas couves e cenouras que eu plantei e acabo de colher. – Aproximando-se de uma das laterais da pequena casa, D. Helena colocou as verduras dentro de um tanque cheio de água, e caminhou na direção de Damião, enxugando as mãos finas no avental xadrez, sujo de terra. – Acho que nos conhecemos. Você não é o motorista do vizinho? Se bem me recordo, você é o Damião. – Caminhava sem interromper a fala e sem dar tempo para Damião responder. – Sabe, eu não corto as ramas da cenoura, aprendi a fazer uma sopa onde eles são um ingrediente fundamental. Tem coisas que ninguém presta a atenção, mas que são muito importantes. As ramas das cenouras são um bom exemplo de coisas aparentemente desimportantes.

– A senhora se lembra do meu nome. – falou Damião, interrompendo-a.

– Claro que me lembro. Desde quando o Dr. Mario André contratou um jovem esbelto para trabalhar como motorista da sua família, na época, recém-chegada ao bairro. Acho que deve fazer mais de trinta anos. Foi lá pelos anos setenta, quando seus patrões construíram essa casa aí do lado, onde, por sinal, eu nunca fui convidada a entrar. Eles nunca foram simpáticos. Mas, em compensação, a sua simpatia, Damião, fez sucesso na vizinhança e, principalmente, entre as meninas que trabalhavam no bairro. A vizinhança era pouca na época, apenas algumas casas espalhadas.

Damião encarou dona Helena de perto, estendendo-lhe a mão. Não estava acostumado com aquele tratamento, e não esperava encontrar uma mulher com tanta energia.

– Mas, vamos entrar. Acompanhe-me até a cozinha para tomarmos um café. Imagino que algo de muito importante deve ter acontecido para eu merecer a sua visita. Os seus patrões, tanto o pai falecido, quanto o filho, nunca conversaram comigo. E lá se vão trinta anos. Minto, na verdade algumas vezes uma bola caía aqui do meu lado da cerca e o seu patrãozinho – como é seu nome mesmo? – subia no muro para pedir a bola de volta. Ele jogava bola com as babás uniformizadas. Acho que nunca vi outros amigos com ele. Você viu que couves enormes? A terra aqui é muito boa. Mas, e então? Qual o motivo da visita? – perguntou dona Helena enquanto colocava o café nas xícaras.

– Dona Helena, meu patrão me mandou colher a sua assinatura em um documento que define as divisas do seu lote com o dele.

– Documento comprovando os limites? Só isto? Estas divisas estão aí desde que Otto, meu marido, comprou o lote para construir esta casa, nos anos sessenta. Nunca houve alterações, mesmo quando o Doutor Mario André chegou para construir a mansão. Nossos dois terrenos fazem um quarteirão inteiro. Nunca houve contestação desses limites. – comentou Helena, colocando o bule de café sobre o fogão e caminhando lentamente até um armário de onde tirou um pote de biscoitos.

– Na verdade, Dona Helena, eu não deveria dizer, mas eu acho que é o primeiro passo para uma oferta que ele deve lhe fazer para comprar a sua casa e o terreno. Ouvi que ele tem um grande projeto e precisa dos dois lotes, me parece que é um tal de Centro Internacional de Treinamento de Executivos. Um grupo internacional que tem negócios com o doutor Homero decidiu investir no Brasil. Escolheram a cidade de São Paulo e agora precisam de um local em bairro residencial.

D. Helena sentou-se à frente de Damião e olhou dentro dos seus olhos. Pensou nos mais de quarenta anos que viveu naquela casa. Lembrou-se do seu marido, ator que chegou ao Brasil nos anos trinta e que, embora tivesse atuado em várias peças, nunca perdeu o sotaque. Lembrou-se da escolha que fizeram; um lugar simples e longe da badalação das áreas centrais da cidade. Tudo passou na sua mente em um átimo. Ao retomar o tempo presente, Helena respondeu para Damião:

– Terei prazer em conversar com o seu jovem patrão. Como é mesmo o seu nome? Diga para ele, que venha me procurar. Você gostou dos biscoitos? Fui eu mesma que fiz. Aprendi esta receita com uma senhora, que conheci na coxia do teatro, enquanto eu aguardava o término de um espetáculo em que meu marido trabalhava. Sabe Damião, muitas vezes eu ficava na coxia assistindo às apresentações. As mocinhas davam em cima do Otto. – Damião riu junto com dona Helena e saiu caminhando na direção do portão de entrada, não sem antes agradecer pela hospitalidade da velha senhora. Seguiu para a casa e aguardou que doutor Homero acordasse. Já era a hora do almoço.

No escritório da residência de Homero, Damião reportou o teor da conversa com a vizinha. Homero foi direto à interpretação:

– Velha filha da puta. Claro que ela quer grana. Espere alguns dias e volte lá. Pergunte quanto ela quer pela assinatura. Claro que ela quer grana. Viu só Damião, com está o mundo de hoje? Só a grana é que importa. Essa velha quer valorizar o terreno, quer complicar a negociação.

Damião aguardou por três dias antes de retornar à casa vizinha. Tocou o sino várias vezes, até que dona

Helena o atendeu.

– Damião, desculpe a demora. Quando estou no atelier, lá no fundo da casa, eu me desligo do mundo. Venha ver uma coisa. – Sem que Damião tivesse tempo de responder, Helena puxou-o pela mão e seguiram para o atelier. O espaço era um barracão com o pé direito alto e grandes janelas que permitiam a entrada de luz natural. Havia poeira e teias de aranha nas ferragens e as dobradiças indicavam que as janelas não eram abertas ou limpas há muito tempo. As paredes eram forradas de quadros. No chão, espalhados por todo o ambiente, outras telas a óleo e aquarelas sem moldura.

– Veja o progresso do meu trabalho atual. Acho que mergulhei em um abstracionismo radical, cada vez mais colorido. Não sei se o meu marchand vai gostar. Mas o importante mesmo é que eu goste. Você não acha? – perguntou Helena, olhando detidamente para o rosto de Damião, esperando por uma resposta.

Aos olhos de Damião os quadros causavam uma sensação de alegria, motivada pelas cores e pela superposição das formas. Tudo nos quadros sugeria movimento. As obras causavam prazer e as curvas eram carregadas de sensualidade. Damião não sabia como expressar as suas impressões.

– Dona Helena. Parece que a senhora pegou uma fatia do sol e colocou nos quadros.

– Damião, eu acho que este foi um dos elogios mais bonitos que já recebi. Vamos tomar um café? Tenho a impressão de que você tem alguma coisa para me contar. – Seguiram, os dois, para a cozinha, sempre com Helena a puxar Damião pelas mãos. Damião seguia impressionado pela vitalidade daquela senhora. Pensava em uma maneira de passar o recado do patrão, sem que ela se ofendesse. Os dois sentaram-se à mesa, forrada por uma toalha xadrez sobre a qual Helena colocou as xícaras com o café, recém-tirado no coador de pano. O bule fumegava à espera do assunto que não vinha. Helena ajudou:

– Damião, ou você voltou para me namorar ou tem algum recado para me dar. Eu até preferia a primeira hipótese, mas acho que você não iria perder o seu tempo com uma velha como eu. Qual é o assunto que te traz aqui? – perguntou Helena com firmeza.

– Dona Helena, eu falei para o doutor Homero, conforme a senhora me pediu, que era para ele vir aqui conversar com a senhora. Ele entendeu que a senhora quer cobrar um valor pela assinatura do documento. Então ele me mandou voltar aqui para perguntar quanto é que a Senhora quer pela assinatura de concordância das divisas. – Helena ouviu a resposta de Damião e caminhou na direção de um armário de madeira com pratos e talheres, de onde retirou um pote. Retornou para a mesa, sentou-se e abriu o abriu, dizendo:

– Damião, veja se você gosta desta compota de figo que eu fiz. Aquelas três figueiras são tão generosas que eu não consigo comer tudo o que elas produzem. – Seguiu até uma gaveta de onde tirou uma caneta e um caderno de notas. Sentou-se e escreveu uma carta de próprio punho. Helena demorou alguns minutos, debruçada sobre o papel. Dobrou cuidadosamente a carta que colocou dentro de um envelope. Lambeu as bordas do envelope para ativar a cola, fechou-o e o colocou nas mãos de Damião, dizendo: – Damião, tome o café com um pedaço do figo. Acho que falta um queijinho branco, mas o que eu tinha acabou. Depois você me conta se gostou. Sabe, eu recebo queijo de Cachoeira de Minas todos os meses, trazidos pelo João, um velho amigo meu e de Otto. Foi Otto quem o ajudou a montar a queijaria. Desde que Otto morreu, João me visita todos os meses, quase sem falhar. Não se esqueça de entregar este envelope para o seu jovem patrão. Eu vou voltar para o atelier e terminar o quadro em que estou trabalhando. A tinta não deve secar totalmente se eu quiser fazer um acabamento caprichado. Fique à vontade se quiser passear pelo jardim depois que terminar o café. Quando sair, encoste o portão.

Caro Dr. Homero.

Espero que esta o encontre bem. Eu tenho viva recordação de quando eu e o seu falecido pai nos vimos pela primeira vez no portão da minha casa. A nossa rua não era asfaltada e ele já havia concluído a obra da maravilhosa casa em que você mora até hoje. O seu pai apresentou-se e disse que conseguiu, por meio dos seus contatos no governo, que a nossa rua fosse asfaltada. Seu pai foi muito educado, apresentou-se e disse que a família se mudaria em breve. Lembro que a sua mãe desceu do carro e entrou na casa, tendo você ao seu lado e duas empregadas. Toda a família estava alvoroçada com a nova casa. Lembro também que o meu marido - Otto - chegou naquele momento, trazendo vários quadros para a sua coleção. Você talvez se recorde de Otto, que era ator, diretor de teatro e colecionador de obras de arte, desde a época em que ainda vivia na Europa. O seu pai viu os quadros e gostou, de modo especial, de um quadro pintado por um amigo de meu marido que vivia na cidade de Gent, na Bélgica. Ele nos visitou em São

Paulo e pintou várias obras. Esse quadro era uma cena da nossa rua, ainda sem asfalto. Mais especificamente, do cruzamento onde nossas casas estão localizadas. Otto era generoso e respondeu ao elogio feito à obra, presenteando o seu pai com aquele quadro. Será que o quadro ainda existe? Estaria em alguma parede da sua casa? Você pode matar a minha curiosidade, vindo me visitar amanhã às dezessete horas. Estarei esperando com um café e outras coisinhas que os mineiros chamam de quitandas. Estou curiosa para saber do quadro. Espero que você possa abrir a sua agenda para este encontro. Certamente falaremos também do assunto trazido pelo Damião.

Sinceramente,

Helena de Vries.

Homero leu a carta em voz alta e esbravejou:

– Veja se eu não tenho razão. Ela agora quer fazer chantagem emocional, lembrando que conheceu o meu pai e falando de um presente que ela diz ter dado para a minha família. Tudo bem planejado. Ela está cevando o terreno para me pegar na hora certa. Vai querer mais grana do que eu pensei e eu não tenho muito tempo a perder. Especialmente agora que preciso preparar a reunião do conselho da empresa que será amanhã. A reunião vai começar às quatro horas e você deve me esperar no escritório, às sete. Agora pegue os documentos do carro no escritório e vamos para a garagem, pois já estou atrasado.

Damião saiu sem nada falar e preparou o carro. Subiu ao escritório no segundo andar da casa, pegou os documentos e a pasta de Homero. Olhou as paredes cheias de diplomas e obras de arte. Em uma das paredes, entre as duas janelas das quais se avistava a rua, pode ver um quadro que retratava exatamente o cruzamento das ruas e as entradas das casas. Era quase a mesma perspectiva, porém, as ruas representadas eram arborizadas e não havia calçamento. Devia ser o quadro ao qual dona Helena se referiu. Saiu pensando na carta de dona Helena. Não achava que aquela mulher pudesse ter segundas intenções.

Na reunião, o diretor financeiro das empresas apresentava os resultados do trimestre em intermináveis planilhas. Doutor Homero tentava se concentrar nos números, mas não encontrava posição em sua cadeira de presidente. A sala não tinha janelas, apenas a tela do seu computador, que abria uma ponte com outra realidade mais interessante do que os números apresentados.

Homero entrou no Google Earth e visualizou a sua casa, a casa vizinha, a sua rua e a esquina.

– Agora falta apenas projetar o business plan do novo empreendimento em sociedade com a empresa de treinamento de executivos norte-americana. Vou mostrar as planilhas com algumas alternativas, pois não sabemos ainda como será resolvido o problema da compra do terreno de cinco mil metros quadrados, uma negociação que o doutor Homero conduz pessoalmente.

– Assim o diretor financeiro iniciou a exposição do plano da nova empresa, quando Homero olhou detidamente para o seu relógio de pulso e, impulsivamente, interrompeu a apresentação. Faltavam quinze minutos para as cinco horas. Homero interrompeu a reunião em tom agressivo.

– Fica para a próxima reunião. Acho que tratamos de um número suficiente de temas. Por hoje basta de planilhas. Vamos concluir esta reunião. – Homero levantou-se sob os olhares de estranhamento de toda a diretoria, correu para a sua sala, pegou seu paletó e chamou por Damião, que não estava à sua espera, pois só deveria chegar ao final da reunião, às sete horas. Homero chamou um táxi e foi direto para casa. Ao longo do caminho, telefonou para Damião e pediu que avisasse a vizinha que ele chegaria um pouco depois do horário combinado para o encontro.

Damião seguiu pessoalmente para a casa de dona Helena para dar o recado. Foi recebido pela dona da casa que o fez entrar. Ao passarem pela pequena sala viu, sobre a lareira, um quadro a óleo que lhe causou uma impressão familiar. Olhou de perto e identificou o par do quadro do escritório do seu patrão, composto pelas duas entradas das casas. Uma era suntuosa, e a outra, simples, mas havia harmonia na composição. Damião falou para Helena a respeito do outro quadro, que estava na casa do patrão.

– Damião, trata-se de um díptico. Otto doou muitos quadros da sua coleção. Ele tinha uma centena de quadros guardados na casa do seu amigo na Bélgica, além de tantos outros aqui no Brasil. O amigo belga foi o autor dos quadros da nossa rua. A coleção toda era muito valiosa. Parte foi herdada por Otto da sua família, que colecionava arte por gerações, até que veio a guerra e os quadros foram escondidos. Um ano antes de falecer, Otto manifestou o desejo de doar toda a coleção para uma finalidade que nos motivasse. Anos após a sua morte, eu decidi doar toda a coleção para a Fundação Bill e Melinda Gates, com a finalidade específica de apoiar um projeto para acolhimento de refugiados. Para o que mais poderia servir aquela riqueza? O que nós precisamos além do que utilizamos no nosso dia a dia? Foi este o teor da nossa conversa quando decidimos fazer a doação. Nosso amigo nos chamou de doidos, mas Otto manteve a sua decisão, com o meu apoio. Eu pensei em chamar o centro de apoio aos refugiados do Centro Walter Benjamin, em honra ao amigo de Otto, que foi morto pelos nazistas em meio a uma fuga entre a França e a Espanha. Walter era um eterno refugiado dentro do seu próprio país, a Alemanha. O projeto do Centro deve estar quase pronto, elaborado pela própria Fundação Gates, feito, em parte, com os recursos da venda dos quadros. – Damião compreendeu a essência do assunto, e sem entender bem os detalhes, deu o recado que Homero chegaria em breve.

O taxi estacionou em frente a casa. Homero passou pelo ritual de encontrar a corrente do sino e de ouvir o seu som agudo e longo, sugestivo de um mosteiro budista. Helena saiu da horta e caminhou lentamente na direção do portão. Homero a esperava impacientemente.

– Então chegou o dia de conhecê-lo pessoalmente. É bom encontrar os vizinhos. A gente sempre pode precisar de alguma coisa. Principalmente uma velha como eu, que anda meio esquecida. Coisas da idade.

– Dona Helena, sou Homero Ribeiro do Valle

Walcher, seu vizinho. – falou estendendo a mão para cumprimentá-la.

– Eu sei. Damião me falou que o senhor viria hoje, aceitando o meu convite. Não quer entrar? Vamos até a cozinha. – Sem esperar a resposta, Helena seguiu caminhando à frente de Homero e foi argumentando que os Ribeiro do Valle são uma família de origem do norte de Portugal, que no Brasil sempre foi ligada ao café. A família é numerosa até hoje em Minas Gerais, na região produtora de café. Os Walcher devem ser de origem austríaca ou alemã, possivelmente de uma imigração mais recente. – Homero acompanhava calado, curioso pelo conhecimento da mulher sobre a origem de sua família. Nunca pensou no assunto das suas raízes. Homero, impaciente, pôs-se a explicar a razão da sua visita sem esperar que chegassem até a cozinha. Falou sobre o negócio com os investidores internacionais, da necessidade de juntar os dois terrenos para realizar um grande projeto para treinamento de executivos. Falou do fundo de investimentos, do retorno que esperava ter, além da transformação e valorização que deveria ocorrer naquela parte da cidade.

Helena seguia à frente de Homero, pelo caminho de pedriscos, ouvindo todo o relato. Entrou na cozinha, tirou delicadamente Cora da cadeira das visitas e segurando a gata no colo, convidou Homero a sentar-se. Enquanto o homem sentava impaciente, Helena voltou a falar:

– Os Ribeiro do Valle se espalharam pelo Brasil. Alguns tiveram problemas com a quebra da bolsa em 29. Outros continuaram ricos, já tinham deixado o café na época da crise. O senhor gosta de café, ou prefere um chá? Adoçante ou açúcar? Não repare se eu perguntar de novo. Ando tendo lapsos de memória. Tenho me esquecido de coisas que antes eu não esquecia. Sabe, um dia destes, eu pintei um quadro que não conclui. Iniciei outro, com o mesmo tema e depois achei o primeiro. Fiquei um pouco preocupada. – Homero não registrou a pergunta e nem o comentário. Impaciente, retomou o tema central e objetivo da sua conversa.

– Dona Helena, eu vim até aqui para resolver uma questão muito importante, que pode envolver alguns milhões de dólares. Os meus sócios norte-americanos cismaram com esta área da cidade e querem implantar o projeto aqui. Eu preciso saber quanto à senhora quer pelo terreno. Vamos fazer um negócio que seja do seu interesse. O que a senhora tem para me dizer a respeito?

Dona Helena colocou Cora no chão e, dirigindo-se ao fogão, comentou:

– Sabe. Eu ganhei a Cora do João, um amigo. Ela me ensinou muitas coisas. O senhor tem animais? A Cora tem atitudes de profunda reflexão e algumas vezes me deixa surpresa. Tem me ajudado muito em minha pintura artística, mas em compensação, destruiu todo o meu sofá. Está vendo ali? Arranhou e destruiu o tecido que cobre a lateral do sofá. Foi daí que eu entendi que não é possível a gente querer ter tudo ao mesmo tempo. Ou eu tenho uma gata reflexiva e meditativa, ou eu tenho um sofá novo. As escolhas são parte da nossa vida. São como encruzilhadas onde precisamos decidir o caminho. A vida é uma série de escolhas, até o fim. Não é, Cora? – falou alisando o pelo da gata e colocando-a livre no chão. Cora correu na direção de Homero e pulou no seu colo. Homero – enojado – empurrou a gata para o chão, livrando-se do animal e abriu a sua pasta de documentos.

– D. Helena, quero deixar estes documentos para a senhora analisar. Acho que vai precisar de um advogado. Os meus sócios são de Nova York e de Frankfurt, uma empresa multinacional de treinamento de executivos. – Helena tomou os documentos em suas mãos e colocou-os sobre a mesa.

– Frankfurt é uma cidade maravilhosa, o senhor já esteve lá, claro... Foi toda reconstruída no pós-guerra.

É o berço de Goethe e de filósofos da chamada Escola de Frankfurt. Nomes como Fromm e Benjamin são parte deste movimento.

– A senhora esteve lá? – perguntou Homero.

– Não. Nunca estive fora do Brasil. Li a respeito e Otto trocava correspondências na sua juventude com Walter Benjamin. Ele sempre se interessou por arte e Frankfurt tem museus muito especiais. Quanto a Nova York, para mim, esta cidade é um sonho. Ainda quero conhecer o Central Park, o Guggenheim e o MOMA. Em Frankfurt eu gostaria de visitar os museus e o espaço urbano ao longo do Rio Mein. Mas eu nunca tive a oportunidade de conhecer outros países. – Helena foi até o fogão e trouxe o café, chá e um prato com biscoitos. Enquanto punha as xícaras, começou a explicar para Homero a razão da falta do queijo. – O João, lá de Cachoeira de Minas, só vai chegar a São Paulo nesta noite. Se essa nossa reunião fosse amanhã o senhor iria comer o queijo fresquinho, lá de Minas, além de conhecer o seu João. Uma figura fantástica. Ele, normalmente, fica hospedado aqui em casa. Nós sentamos a esta mesa e conversamos horas e horas. Muitas vezes o dia amanhece e nós não percebemos. João tem um comércio de queijos em Cachoeira de Minas e recebe o produto de vários locais daquele estado. Traz para São Paulo e vende para uma clientela que já espera por ele. Mas eu acho mesmo que ele vem mais é para esse dedo de prosa comigo. E eu até que gosto, dele e dos queijos. Ele tem uma gratidão imensa para Otto, meu finado marido, que foi quem o auxiliou financeiramente para iniciar o seu negócio. João pagou cada centavo que devia para Otto e, quando meu marido faleceu, nunca mais deixou de me visitar. Eu vejo em João um homem feliz, com o pouco que tem. Certa vez ele me disse que os queijos não pagavam nem a sua viagem de Minas a São Paulo, por isso é que eu decidi acomodá-lo aqui em casa.

Homero ficava cada vez mais impaciente. Não tocou no café. Levantou-se e seguiu para a porta da cozinha, despedindo-se de Helena, disse que iria procurá-la em breve para saber da sua decisão. Helena permaneceu sentada à mesa, com a xícara de chá nas mãos e Cora pulou em seu colo.

No dia seguinte, Homero seguiu para o escritório bem mais cedo do que de costume, para surpresa dos funcionários, que não estavam acostumados a vê-lo antes das dez. Depois do almoço conversou com seus advogados e ordenou-lhes que telefonassem para dona Helena, em busca de alguma resposta. Um dos advogados retornou minutos depois:

– Dr. Homero, ninguém respondeu ao chamado do telefone na casa da mulher.

Homero, bravo, chamou por Damião:

– Lá pelas cinco horas pegue o carro e vamos para a casa daquela velha. Tenho que resolver esse assunto hoje.

À tarde, enquanto percorria o trajeto de volta, Homero quis saber detalhes sobre a vida da vizinha:

– Damião. O que você sabe sobre essa dona Helena? Do que ela vive?

– Dr. Homero, ela me contou que nasceu no Paraná, de uma família de imigrantes holandeses. Veio para São Paulo, estudar na Escola de Belas Artes onde conheceu o futuro marido, um famoso ator e diretor de teatro, que faleceu no final dos anos 70. Ela sempre foi artista plástica e os seus quadros têm algum valor no mercado. O casal tinha uma enorme e valiosa coleção de arte que ficou escondida na Europa, durante a guerra. A coleção toda foi doada para uma fundação internacional, com o desejo de fazer um centro de apoio a refugiados políticos. Parece que os quadros valiam milhões de dólares.

– Doaram? Milhões de dólares? Ninguém faz isso. Só se for lavagem de dinheiro.

– Dr. Homero... Eles fizeram.

Chegando à casa de D. Helena, Homero tocou o sino insistentemente, sem qualquer resposta. Resolveu, então, abrir o portão – sem travas – e entrar, obrigando o motorista a segui-lo. Ao chegarem à cozinha, ouviram o som de vozes vindo do galpão-atelier. Aproximando-se do local, viram Helena, que trajava uma camisola comprida, e pintava uma tela. Sentado em uma poltrona ao lado de uma das grandes janelas do fundo do atelier, um senhor sem camisa, pousava para a pintora. Helena dizia:

– Não se mova. Fique só mais um momento nesta posição. Vou concluir este belo quadro que chamarei de "O mercador de queijos". – Helena e João riam a perder o fôlego, não ouvindo a aproximação de Homero.

– Acho que temos visitas – disse João, saindo da posição e vestindo a camisa, gemendo de dor por ter permanecido estático por tanto tempo.

– Olá jovem vizinho. Bem vindo. Hoje temos café com queijo. Deixe-me apresentar o meu amigo, João.
– Aproximando-se, João estendeu a mão para Homero e para Damião. Soltou uma alta gargalhada ao falar que se sentiu pego no flagra com a sua namorada. Helena olhou para João sem negar ou confirmar nada

e foram ver como tinha ficado a pintura. Ambos riam muito.

– Este sou eu? O mercador de queijos? Não acho que se parece comigo.

Helena, percebendo Homero impaciente, convidou o grupo para segui-la até a cozinha. Os pães, o queijo e o café já estavam dispostos à mesa. Helena serviu a todos. Homero sentou-se à mesa e comeu com gosto. Tomou café e travou uma conversa sobre a paisagem do campo, comparada com a paisagem da cidade. João defendia que deveria existir um limite para a altura dos prédios de, no máximo, três andares. Homero explicava que a cidade não comportaria este padrão. As regras deveriam ser flexíveis. Daí foram para futebol e do futebol para os quadros de Helena, depois chegaram aos quadros de Otto. Damião estranhava a postura de Homero. Mostrava um bom humor e falava como ele nunca tinha visto antes. Quando pareciam findar o assunto sobre quadros, Homero perguntou:

– É verdade que a senhora doou muitos quadros para uma instituição social?

– Como você sabe? – perguntou Helena, olhando para Damião. – Na verdade eu não doei nada. Os quadros moraram conosco por algum tempo. Somos apenas fiéis depositários de uma fortuna que pertence ao mundo, às gerações passadas e futuras. Nós passamos os quadros para as futuras gerações.

Damião olhava para o rosto de patrão, que mostrava um ar de espanto.

– Dona Helena, a senhora pensou na oferta que eu fiz?

– Jovem vizinho, eu estive ocupada com o João. Passamos o dia conversando sobre as coisas da vida, sobre queijos, arte, vacas e galinhas e mais um monte de outras coisas que já nem me lembro. Ainda tomamos alguns vinhos... João vai embora hoje, e eu não tive tempo para pensar na sua oferta. Mas vou dar uma resposta ao senhor assim que puder pensar a respeito. Todas as coisas têm o seu tempo certo. Você não acha?

João despediu-se saindo para tomar banho. Homero mostrava um ar de tranquilidade que Damião não conhecia. Na despedida de João, deu-lhe um inesperado abraço. Damião apontou para o quadro sobre a lareira, quando passaram pela sala.

– O Dr. Homero reconhece aquele quadro?

Homero aproximou-se e olhou detidamente para o quadro, dizendo que tinha a impressão de já ter visto a obra em algum lugar. Damião sugeriu que ele olhasse com atenção e comparasse com a pintura do seu escritório. Ao passarem pelo portão, Homero olhou atentamente para o sino, depois seguiu caminhando para sua casa. Damião acompanhou o patrão.

No dia seguinte, Homero chamou Damião e o convidou para tomar café da manhã. Perguntou há quantos anos o motorista trabalhava com a sua família. Se já estava aposentado. Quanto ganhava. Se era casado e se tinha filhos. O motorista foi respondendo as perguntas com espanto pelo repentino interesse do patrão em sua vida. Passando pelo escritório, Homero olhou detalhadamente para o quadro sobre a lareira. Era um bonito quadro, que nunca se detivera a olhar.

Damião interrompeu Homero trazendo o telefone.

– É o seu advogado.

Homero atendeu e recebeu a notícia do ultimato dos sócios, que não podiam mais esperar. Apresentaram uma ameaça com o surgimento de uma nova oportunidade, que deixaria Homero fora do negócio. Homero desligou e seguiu para a empresa, pensando em como proceder.

Ao longo de todo o dia, os advogados entraram

a saíram do escritório, pressionando por uma decisão. Homero não costumava perder tempo com decisões, mas desta vez preferia aguardar o tempo pedido pela vizinha.

Ao retornar para sua casa, à noite, abriu as correspondências. Um volume maior estava embrulhado em papel comum e não tinha sinal do serviço de correios. Homero abriu com curiosidade e viu o quadro que fazia par com o seu portão. Em outra carta, lavrada de punho, Helena dizia:

Jovem Vizinho

Aceite este presente, que fará um bom conjunto com o outro quadro que já está na sua casa. Parece que os portões combinam bem, ainda que seja pelo contraste.

Quanto à eventual compra do meu terreno, informo que amanhã um portador entregará uma proposta. Espero que a proposta abra as possibilidades que atendam ao seu interesse. Quero que saiba também que um caminhão de mudanças virá buscar os meus poucos pertences, para levá-los para Cachoeira de Minas. Acho que decidi produzir queijos e quadros. Eu já não estarei por perto.

Te desejo boa sorte e felicidade na sua decisão.

Helena de Vries

Após ler a carta, Homero correu para a janela e viu a casa vizinha sem luzes. Não conciliou o sono até que, na manhã seguinte, recebeu um telefonema de um advogado que dizia representar dona Helena. Queria uma reunião na empresa, assim que fosse possível. Homero marcou para aquela mesma tarde.

O advogado apresentou-se como o agente jurídico da Fundação Gates, e entregou uma carta formal que preferiu ler para o Dr. Homero. A carta informava que dona Helena havia feito uma doação de uma coleção de arte de grande importância e que, descontados os impostos, significava um valor de centenas de milhões de dólares depositados nos Estados Unidos. A doação tem a finalidade específica de construir um projeto para abrigar refugiados políticos e desalojados pelos conflitos. Nestas décadas iniciais do milênio, existem muitos conflitos em curso, gerando refugiados aos milhares. Esta doação já está concluída e sacramentada. Agora dona Helena fez uma segunda proposta. Ela doará, também, o terreno da casa onde mora para a Fundação Gates, com a condição de que o senhor Homero faça o mesmo com o terreno da sua casa. O intuito é abrigar o projeto para refugiados utilizando a casa existente como sede. Caso o doutor Homero não aceite, existe a prioridade para que adquira o terreno de dona Helena, pelo preço de mercado. O valor será destinado para a Fundação Gates, que então deverá buscar outro local para o projeto.

O advogado da Fundação Gates terminou de ler a proposta e disse:

– Prezado Dr. Homero. O Senhor tem uma decisão a tomar. Parece que está em uma encruzilhada.

✠ O MILAGRE DE SÃO GONÇALO

Ultima com o Pai

– Filha, você não vem tomar o café? – gritou Tião da Dô, acocorado no terreiro de chão batido.

– Estou preparando o almoço pra peãozada, pai. Daqui a pouco batem na porta com fome de comer um boi. Desde cedinho estão trabalhando na arrumação do galpão para a festa. – respondeu Ultima, com a voz escondida pelo barulho da água correndo pela pia da cozinha.

– Você achou a imagem do santo? – perguntou Tião.

– Achei, pai. Aquela que estava guardada no quarto de costura da mãe.

A imagem do santo estava embrulhada em panos finos, ainda com cheiro da lavanda que a mãe usava. – Última saiu enxugando as mãos e ajeitou a saia sobre o corpo torneado. Debaixo do sol quente, sua pele de jambo não sentia o calor. Os cabelos pretos, que viviam caídos em desalinho, cobrindo parte do seu rosto, faziam com que levasse frequentemente os dois braços para prender o cabelo à nuca, deixando que seus seios marcassem, na blusa, um contorno sinuoso.

Última lembrou-se da mãe; devota verdadeira de São Gonçalo. Diziam que era só ela rezar que o santo arrumava casamento pra quem precisasse. – Só não arrumou pra mim – pensou Última, sem tirar os olhos do fogão...

Tavinho na Estrada

– Ai de mim. O que é que estou fazendo aqui nesta estrada esburacada? Poeira pura! Merda! – bravejou Tavinho, batendo a cabeça no vidro da janela do motorista, com o solavanco da roda do jipe que caiu em um buraco.

Com o mapa aberto sobre o colo, Tavinho acelerava o motor com um olho na faca da estrada e outro no marcador de combustível. A areia fininha, como um fubá mimoso, já tinha tomado todas as dobras do seu corpo suado. O carro, por fora e por dentro, era só poeira. Tavinho sentia a garganta ressecada e pedia por um gole de água. A garrafa, que encheu na última parada, estava vazia há duas horas. – Faz tempo que eu quero ver uma dança de São Gonçalo. Chego na festa custe o que custar. – murmurou consigo mesmo Tavinho, a caminho do Arraial do Barreiro. – Não entendi o nome do Arraial. Por que Barreiro se aqui só tem areia? Bosta! – gritou, batendo novamente a cabeça no vidro da janela com os solavancos. Com as duas mãos segurando a direção do seu jipe traçado, ele se lembrou dos três meses passados desde que deixou o emprego e os amigos em São Paulo. Foi fazendo as contas. – Paulo foi fazer o Caminho de Santiago. Joá foi para Canoa Quebrada atrás de uma mulata gostosa que conheceu no carnaval. Zinha foi estudar cinema em Buenos Aires. Nem tenho mais notícias deles. Também, eles não terão notícias minhas aqui neste fim de mundo.

Tavinho tentava se distrair em lembranças para desviar atenção da garganta que pedia água há tempos, quando, de repente, um solavanco mais forte chacoalhou o jipe e espalhou toda a tralha que estava solta no banco traseiro. Tavinho estacionou e buscou a sua carga mais valiosa. Viu que o saco da viola tinha ido parar sob a sua mochila. Rodeou o carro examinando os pneus, para ver se aguentaram o esforço, e foi ver o que aconteceu com a sua viola. Tirou o instrumento da caixa e riscou um acorde em ré com a mão direita. O acorde soou afinado aos seus ouvidos. Pareceu-lhe que a viola estava intacta.

Nos últimos meses, Tavinho leu tudo o que conseguiu sobre festas populares brasileiras, em especial sobre a festa de São Gonçalo. Diziam que a festa andava desaparecendo. Valeria a pena comer poeira para participar da cantoria, ver o povo dançando e batendo o pé ao som dos dois violeiros! Era a sua chance. Nem Santiago de Compostela, nem cinema, nem Canoa Quebrada. Estava indo para Arraial do Barreiro. Só não sabia a direção certa e duvidava se chegaria a tempo.

Juca do Pinho na Estrada

Juca apeou da montaria, ajustou o estribo e arrumou

a viola no saco. Montou novamente, acomodou o embornal sob sua coxa e o seu traseiro na sela. Saiu debaixo da sombra do ingazeiro e seguiu pela trilha que conhecia muito bem, na direção do Arraial do Barreiro. Sabia dos atalhos, mesmo tendo visitado o Arraial só quando criança, trazido pelos pais, para ver uma dança de São Gonçalo. Sem pressa, a cabeça torrava debaixo do sol bravo de janeiro. Pensava se o calor já teria destemperado a sua viola. – Se não descolou o tampo, já fico feliz. Afinar, eu afino de novo.

Juca lembrou-se da família. Dos sete irmãos vivos, só ele não tinha trocado a montaria por uma motocicleta. Catarina valia mais que um motor, belo animal, jumenta da raça Pega. Delícia de montaria e a melhor companhia que ele teve na vida. Com os irmãos, teve sete brigas antes que cada um seguisse o seu caminho. Os amigos foram procurar trabalho em São Paulo ou em Belo Horizonte. Alguns, dizem, enricaram, outros sumiram no mundo. Teve um que morreu de tiro. Outro de enchente. Um terceiro foi atropelado e ficou entrevado em uma cama... Precisava chegar a tempo para ver a festa de São Gonçalo e realizar o desejo da falecida mãe. Queria ver os cantadores e, quem sabe, aprender com os violeiros velhos, algum toque de viola desconhecido. Se Catarina aguentasse firme, chegaria ao seu destino em tempo... E ao lembrar-se de Dona Jovina, a mãe, tirou o chapéu e o colocou sobre o peito... Ela, sim, zelava com braveza por todos os filhos homens, sem perder a doçura. Quando dava alguma bronca era porque tinha razão, e depois vinha com um afago para compensar.

A trilha era estreita, de um lado, o barranco tinha altura de não ver o fundo, do outro, morro a perder-se de vista na altura. Catarina seguia sem se abalar, mas Juca sabia de histórias de gente que rolou naquela ribanceira.

– Se dessa vez não conseguir atender ao pedido da mãe, vou embora pra cidade, como os irmãos fizeram. Só vou sentir falta é de Catarina. Será que eu encontro sustento na cidade? Será que encontro um chão pra pôr um roçado? Se eu não cantar e dançar uma dança de São Gonçalo, vou embora. Dessa vez estou decidido, é certo que aqui não fico mais. A cidade não pode ser pior do que essa caloria, essa pobreza, essa mesmice!

Juca parou de pensar quando Catarina esticou as patas dianteiras e não quis passar pelo vau que cortava o caminho. Na época das águas, corria ali um riacho, bem naquela baixada. Agora estava seco. Se ela não queria passar por lá, Juca nem questionava a razão. Deu de ré e contornou o espigão, o que deixou a jumenta mais calma. Já do outro lado, sem pressa, tirou a viola do saco e riscou as dez cordas com sua mão esquerda, para ver se o calor não teria feito algum desserviço. Fez soar, nas cordas soltas, um acorde em mi, que lhe pareceu bem temperado.

Juca do Pinho avistou uma casa ao longe, com fumaça saindo pela chaminé estreita e pelos vãos das telhas. Estava chegando ao Arraial do Barreiro. Estava com a cabeça rodando só de pensar na festa que ia começar naquela noite.

Tavinho Chega ao Arraial

O carro parou, desapressado, na frente da porteira. Ao fundo, Tavinho pôde ver uma capela. Os portais azuis contrastavam com as paredes caiadas, e a cúpula arredondada lembrava as igrejas que ele conheceu no México. As bandeirinhas penduradas nos fios faziam um movimento contínuo - piscavam e farfalhavam - respondendo ao vento e ao sol forte. Tavinho desceu do carro, esticou as costas com um gemido de dor, e seguiu na direção à porteira que dava para uma grande praça ladeada por algumas casas, que eram o Arraial do Barreiro. Sem viva alma por perto, Tavinho abriu a porteira, que gemeu como deve gemer uma porteira de verdade, e entrou com o carro até a sombra de um flamboyant com uma copa que lambia o chão e um tronco que servia de banco. A árvore cresceu livremente, criando um ambiente fresco que contrastava com o calor do lugar. Uma torneira gotejava sobre um cocho, quebrando o silêncio mormacento. Tavinho meteu a cabeça na água corrente da torneira aberta, molhando, com gosto, o corpo suado. A camisa encharcada refrescou sua pele.

– Bom dia, moço! – Tavinho pulou de susto vendo o homem, de meia idade, que limpava o suor do rosto e empunhava uma enxada. – Bem vindo ao Arraial do Barreiro. O carro do moço tem placa de lugar longe. O meu nome é Tião da Dô – falou sem largar a enxada.

– Oh, seu Tião, muito prazer. Eu sou Otávio, e venho

para visitar o Arraial. Soube que vai ter uma dança de São Gonçalo. Ou será que já perdi a festa?

Surpreso Tião balançou a cabeça em sinal de concordância, foi se chegando devagar e silenciou ao lado do visitante. Foi Tavinho quem teve a iniciativa de retomar a fala explicando a que veio. Tavinho falou e Tião da Dô ouviu, desconfiado. De onde veio, o que fazia, como soube da festa, tudo foi sendo revelado aos poucos. Da boca de Tião da Dô, as respostas não fluíam, causando certo mal estar em Tavinho, que perguntou como era viver em um arraial com cinco casas. Só depois de muito falar e entender a intenção de Tavinho, seu Tião destravou a língua, contando um pouco do lugar. Duas das cinco casas do Arraial estavam desabitadas, pois os filhos tinham seguido para a cidade A fazenda São Gonçalo era da sua família fazia muitas gerações. O primeiro que chegou, veio fugido de São Paulo, jurado de morte. Precisava se esconder num lugar de ninguém. Por ali ficou, fez filhos, netos e bisnetos. Tavinho ouviu, atento. Soube que o lugar só tinha aquela fazenda e a Fazenda da Onça, de um tal doutor Pinheiro da Mata. Fazenda de gado. Muito grande. O resto, eram pequenos sítios e casebres. Os Pinheiro da Mata formavam uma família que chegou por ali também há muito tempo. Cresceram, ganharam dinheiro e os filhos foram estudar na capital. Tião da Dô silenciou por um momento mais demorado. Tavinho levantou os olhos e viu Tião fazer um sinal leve com a cabeça olhando para a casa, ao lado do flamboyant. A porta entreaberta da cozinha rangeu e, pela fresta, Tavinho viu dois olhos vivos.

– Ultima! Traga um café aqui, tem visita – gritou Tião. Passado um minuto apareceu a moça, trazendo uma bandeja com um copo de café e um prato com broas de milho, na outra mão pendia um pano de prato. Depositou a bandeja sobre o cocho, e levou as duas mãos à nuca para arrumar os cabelos. Sem dizer uma palavra, a moça voltou para a cozinha, rangendo a porta, que ficou entreaberta.

Tião ofereceu um quarto em uma das casas vazias para Otávio que, pegando a sua tralha e a viola, seguiu Tião em passos largos, andando para o outro lado da praça, defronte da igreja. Ao entrar na casa recém-caiada, recebeu instruções. – Pode se acomodar. Tem um banheiro com chuveiro. A água é fria, mas o sol é quente. Tem uma cama limpa e um banco para sua comodidade.

O Senhor é visita, e visitas são poucas neste Arraial do Barreiro. A festa começa hoje à noite, depois da missa, se o padre chegar a tempo.

– Que instrumento o senhor leva neste saco?

– Uma viola. – respondeu Otávio.

Tião da Dô sorriu. Do outro lado da praça, pela porta entreaberta da cozinha saia a fumaça do forno quente, que transpirava por todas as frestas.

Juca do Pinho chega ao Arraial

Sem apear de Catarina, Juca abriu a porteira demonstrando familiaridade com a lide. Aproximou-se do flamboyant e apeou, levando a mula até o cocho com água. Ele mesmo afundou a cabeça na torneira e deixou a água abundante correr sobre o seu corpo. Refrescados, ele e Catarina, Juca sentou-se e ficou à espera. Logo viu Tião acocorado na beira da cerca, picando fumo e olhando de lado.

– Pode chegar moço. O senhor eu acho que conheço.

Não é o filho da finada Dona Jovina? Veio pra festa?

– Isso mesmo, Seu Tião. Vim pra ver uma dança de São Gonçalo, antes que acabe.

– Então veio para o lugar certo. Pode ajeitar suas tralhas, solte a mula no piquete e pendure os arreios no rancho. Olha aquela casa do outro lado da praça. Têm dois cômodos, um já está ocupado por um rapaz de São Paulo. Pode ocupar o outro cômodo. O Senhor é visita, e visitas são poucas neste Arraial do Barreiro. A festa começa hoje à noite, depois da missa, se o padre chegar a tempo.

– O que é que você traz neste saco? – perguntou Tião da Dô.

– É minha viola. – respondeu Juca.

Tião da Dô sorriu e emendou, – A festa vai ser boa. Já temos um par de violeiros de fora para tocar na festa. Os violeiros daqui não aguentam mais tocar a noite toda... – Ultima! Traga um café aqui pra visita. – Um minuto e a moça apareceu, trazendo, em uma mão, um copo e um prato sobre a bandeja, na outra mão, um pano de prato. Acomodou o copo e o prato sobre o cocho e levou as duas mãos à nuca para arrumar os cabelos... Depois voltou para a cozinha, rangendo a porta, que ficou entreaberta.

Juca do Pinho soltou Catarina, que correu livre pelo piquete onde estavam outros animais de trabalho. Pegou suas tralhas e seguiu para a casa, ao lado de Tião da Dô. Enquanto caminhava, olhou para trás, em tempo de ainda ver a moça pela fresta da porta da cozinha que deixava sair a caloria e a fumaça do fogão a lenha.

Arrumação da Praça

Havia três altares distribuídos em pontos diferentes da praça. A movimentação cresceu com a chegada da vizinhança, cada família trazendo sua oferenda. Tavinho e Juca do Pinho acompanhavam tudo, entrando no espírito da festa marcada para começar depois da missa. A todo o momento os olhares dos moços se voltavam para Ultima, que entrava e saía da cozinha em uma atividade sem fim. A moça empenhava toda a sua energia na preparação dos altares, na distribuição da comida, que chegava sem parar, e na recepção dos convidados. A cada movimento punha reparo na figura dos dois moços, que conversavam no canto da praça.

O sol já baixava e o céu começou a ganhar cores de fim de dia. No altar, à esquerda da capela, Ultima ajeitou as flores e a palha pelo piso improvisado, feito com restos de tábuas. Faltava bater um prego no ponto mais alto, onde ficaria dependurada uma violinha antiga e sem cordas, que servia de enfeite. Ultima se equilibrava sobre a mesa encostada na parede, tentando alcançar um prego que sobrou da festa do ano anterior. Tremeu quando ouviu a voz de Tavinho. – Precisa de ajuda? – com a mão estendida na direção da moça, que, aceitando a gentileza, desceu da mesa com a viola na mão, sem terminar a tarefa. Em um salto Tavinho subiu na mesa e alcançou o prego, tomou a violinha das mãos da moça e dependurou-a, compondo o cenário pretendido para a festa. Os dois trocaram olhares próximos, quando Tavinho saltou bem ao seu lado, descendo da mesa. Ultima sentiu o cheiro do corpo de Tavinho, que lhe fez lembrar a lavanda das roupas do santo. Saiu tropeçando pelo terreiro e levando o cheiro na memória. Tavinho a acompanhou com os olhos, até o altar do outro lado. Viu a silhueta da moça ao levar os dois braços à nuca, arrumando os cabelos, antes de retomar a tarefa de arrumação da mesa com as quitandas que chegavam, sem parar, de toda a vizinhança.

Uma pequena multidão já circulava pelo Arraial. Ultima estava atrapalhada, ainda arrumando o segundo altar, cercada pelos vizinhos que se apertavam. As visitas traziam bandejas com comidas que eram colocadas sobre a mesa de madeira tosca, mas que compunham um cenário de abundância. Juca do Pinho aproximou-se de Ultima e tomou uma travessa, cheia de pratos, que ela equilibrava em uma das suas mãos, ajudando-a a acomodá-la sobre a mesa. A filha de seu Tião da Dô lançou um olhar para Juca, que continuou a receber os pratos, compartilhando a tarefa de ajeitar a mesa. Ultima sentiu o calor do corpo de Juca, os dois estavam espremidos pela multidão que se apertava no espaço do altar. O rapaz tinha cheiro de florada de café, misturado com suor de cavalo. Tudo muito familiar. Percebendo o sol sumindo no poente, Ultima levou as mãos à nuca para arrumar os cabelos e saiu para banhar-se, e se preparar para a dança de São Gonçalo. Não faltava muito tempo para o término da missa.

Ultima entrou na cozinha e seguiu para o seu quarto, no fundo do quintal, a meia parede com o fogão de lenha, que servia para esquentar a água do banho. Despiu-se, abriu a torneira do chuveiro e deixou a água escorrer pelo seu corpo, enquanto lembrava-se dos olhares trocados com Tavinho e com Juca. Gostava do cheiro da flor do café e gostava de lavanda. Sua cabeça girava enquanto ela ensaboava o corpo, repetindo, sempre, o seu gesto de levantar os braços para cuidar dos cabelos. Seu corpo pulsava sob a água morna. O vapor exalado da água era iluminado pelo último feixe do sol que se punha, fazendo brilhar a névoa, ao mesmo tempo densa e leve.

A vizinhança toda já estava no Arraial do Barreiro; Chico, morador do assentamento com a sua filharada numerosa, dependurada na mãe, o Doutor Mendes, da Fazenda da Onça, com sua filha Maíra, e Carmem, uma amiga da menina. Ambas vieram de São Paulo para passar as férias na fazenda. Ricos e pobres se encontravam para ver a dança de São Gonçalo. As duas moças da cidade estavam deslumbradas com as cores da festa. As pessoas começavam a sair pela porta frontal da capela, indicando que a missa estava para terminar, e os violeiros já se postavam alinhados, no altar principal da praça. A dança ia começar. Os dois violeiros visitantes não queriam perder os movimentos dos mais velhos, que tocavam a catira enquanto os pares se alinhavam.

A Dança de São Gonçalo

Terminada a missa, os violeiros começaram a temperar as violas. Soaram os primeiros acordes entoando uma catira e uma louvação a São Gonçalo. Tavinho e Juca do Pinho observavam cada movimento. Viram que uma fila foi formada com os pares que começaram a bater palmas e os pés, conforme o ritmo da catira. Os dois violeiros velhos convidaram Tavinho e Juca do Pinho para parear com eles. Os jovens seguiram atrás com suas violas, acompanhando os acordes dos mais velhos. As moças solteiras, de todas as idades, entravam no terreiro. Todas vestidas de branco, arrastavam os pés ao som das violas e da cantoria, que agora tinha se espalhado por todo o Arraial do Barreiro. Tavinho e Juca animaram-se mais ainda, quando os dois violeiros velhos deixaram que tocassem sozinhos, puxando a dança, o que representava uma atenção especial para os visitantes, que se já sentiam acolhidos pela comunidade.

O povo, dançando em roda, entoava as cantigas tradicionais da festa: São Gonçalo quer que dance. As moças, vestidas de branco, empunhavam um arco com enfeite de flores e fitas brancas. Ultima, entre elas, dançava sem parar, na frente dos dois violeiros. Ela rodava a saia, quase em um transe que vinha da música repetida sem parar, como um mantra. E o povo cantava: "Quem dança pra São Gonçalo há de amanhecer o dia".

Maíra e Carmem tiraram os sapatos e entraram no terreiro, fazendo um par que seguiu as demais dançadeiras. Para elas era uma experiência nova e divertida. Tentavam seguir a cantoria, repetindo o refrão. "São Gonçalo quer que dance". A noite seguia sem que ninguém mostrasse cansaço. Os dois violeiros velhos voltaram para seus postos e os jovens, aquela altura, saíram a dançar pelo terreiro. As moças da cidade rodavam ao lado de Juca e Tavinho, e uma delas aproximou-se de Tavinho e tomou a sua mão, enquanto a outra fez o mesmo com Juca. Os casais trocavam olhares e rodavam sem parar no terreiro, ao som das catiras que se sucediam em uma cantoria sem fim, enquanto, o coro de vozes cantava: "São Gonçalo do Amarante, casamenteiro das velhas, por que não casa as moças, Que mal lhe fizeram elas?" Carmem portava-se com a desenvoltura de uma dançarina de flamengo e, mostrando todo o calor do seu sangue espanhol, tomou à dianteira, e chegando perto de Juca, perguntou. – Vamos continuar a cantoria com as violas na Fazenda da Onça, depois que a festa acabar? – Combinadas, Maíra fez o mesmo com Tavinho. Os dois moços aceitaram a ideia.

– Assim que a dança acalmar, vamos todos no meu carro conhecer a sua fazenda e continuar a cantoria com vocês – disse Tavinho, combinando com Juca, enquanto o coro das vozes prosseguia: "Bate na viola, repinica no ganzá. Venha São Gonçalo que nós vamo sapatiá...".

Ultima, vendo os dois casais que conversavam animados, mesmo sem ouvi-los, foi murchando no terreiro. Lembrou-se do cheiro da flor de café e do cheiro de lavanda, enquanto ouvia a cantoria: "Quem dança o São Gonçalo tem que tê o pé ligeiro. São Gonçalo veio do céu com a sua viola no peito. Quem dançá pra São Gonçalo dance com todo o respeito".

– Santo de merda! – murmurou Ultima, com raiva. A noite já ia longe, quando o povo começou lentamente a sair da roda e seguir, a pé ou a cavalo, para as suas casas, esvaziando o terreiro. Ultima, prostrada diante do altar central, sentou-se no degrau rente ao chão, ainda a tempo de ouvir um último verso dos cantadores: "São Gonçalo do Amarante desceu do céu pra que o mal impeça. Terminando estes versos já cumpri minha promessa".

A filha de Tião da Dô ainda teve tempo de ver os dois pares saindo abraçados e rindo alto na direção do carro. Saíram do Arraial, deixando a lua a iluminar as bandeiras, agora paradas, no terreiro sem vento. A poeira levantada pelo movimento das últimas horas assentou, enquanto Ultima viu, do degrau no altar central, os convidados derradeiros deixando o Arraial...

Na manhã seguinte

Ultima abriu os olhos e ouviu um ruído a se instalar no altar. Acordou com a agitação de dois coleirinhas ciscando sobre a mesa onde as sobras de comida permaneceram. Ela era parte da paisagem - imóvel. Não quis deixar o torpor agradável que sentia no corpo. Quando Ultima pôs-se em pé, os coleirinhas saltaram juntos e olharam na sua direção em estado de alerta, daquele jeito que só os passarinhos sabem fazer ao detectarem o movimento inesperado.

Ultima, filha de Tião da Dô, e os passarinhos, eram as únicas almas acordadas no Arraial do Barreiro. A casa onde os moços estavam hospedados permanecia vazia. O carro de Tavinho não retornou da Fazenda da Onça. Ultima lembrou-se de que teria que passar o dia desmontando os altares, removendo os enfeites e guardando a imagem de São Gonçalo para a festa do próximo ano. A imagem, novamente, seria enrolada, cuidadosamente, nos panos que sua mãe guardou com zelo durante anos. Lembrou-se da dança que marcou a noite anterior. Sentiu o cheiro da flor de café e da alfazema, que não lhe diziam mais nada. Não ouvia mais as violas, afinadas em ré ou e mi. Percebeu que estava só. Ultima seguiu na direção da cozinha para ferver a água do café. Ouviu os passos de Tião da Dô, que saiu do curral depois da ordenha da manhã. Trouxe o galão de leite para deixar na porteira, a carroça da cooperativa em breve passaria para recolher. As vacas não tinham feriado. Tudo recomeçava em silêncio. Tião olhava para a filha com desconfiança.

Logo a fumaça da lenha posta no fogão encheu a cozinha e vazou pelas telhas e pela porta da frente. Um galo cantou, como tinha de cantar. Um cão latiu, como tinha que latir. Os coleirinhas se enrolaram em disputa pelas migalhas sobre a mesa, depois chegaram às rolinhas que também queriam a sua parte da festa. O som do rádio, vindo de uma das casas habitadas, trazia a voz do locutor em uma propaganda da loja de armarinhos na cidade vizinha.

No seu quarto, Ultima trocou a saia branca rodada que era própria para os dias de festa. Tomou um banho rápido, com a água ainda morna, pois o fogão ainda não tinha esquentado a serpentina. Olhou o espelho embaçado pendurado na parede do quarto. Levou as mãos à nuca e arrumou os cabelos. Olhou a sua imagem e não pensou em nada. Queria retomar logo o seu cotidiano.

Tião caminhou na direção da torneira próxima do flamboyant, para se lavar do trabalho de ordenha antes de tomar o café. O seu andar foi interrompido pelo sino da porteira, que soou alto. Os coleirinhas se assustaram e voaram para longe. As rolinhas seguiram para um canto seguro. As vacas ruminaram. Um boi mugiu. Tião avistou um jovem com uma mala de viajante que chegava a pé. O rapaz parecia cansado da caminhada desde a cidade vizinha.

– Acho que perdi a festa de São Gonçalo. O senhor é seu Tião da Dô? – perguntou o jovem apoiando a mala no chão e um saco com uma viola na outra mão. O senhor tem pouso para um violeiro, caminheiro de boa fé? – Tião da Dô olhando para o visitante gritou na direção da cozinha. – Ultima! Traga um café aqui pra visita. – Um minuto depois, lá estava a moça, com um copo e um prato em uma mão e um pano na outra. Depositou o copo e prato sobre o cocho e levou as duas mãos à nuca para arrumar os cabelos. Sem dizer uma palavra, a moça voltou para a cozinha, rangendo a porta, que ficou entreaberta...

NÃO EXISTE MULHER COMO GIULIETTA

Giulietta entrou no bistrô do cineclube e ficou espantada. Examinou o ambiente detidamente. Era cheio de detalhes; no chão, nas paredes e no teto, tudo decorado com fotos imensas de atores e diretores de cinema. As fotografias plastificadas serviam de piso. Era sensacional pisar nas imagens dos seus ídolos. Ao redor das mesas havia projetores antigos – tecnologia ultrapassada – que compunham um ambiente à moda de um estúdio de filmagens, propositalmente decadente. A iluminação era feita por meio dos refletores adaptados, que se mostravam ainda funcionais. Já tiveram a sua utilidade nos antigos estúdios de gravação e agora faziam outro papel. Os garçons, jovens, estudantes contratados especialmente para o evento, circulavam entre as mesas colhendo os pedidos, com muita gentileza e alguma pressa.

Giulietta pisava, respeitosamente, nas fotos, pensando em não ofender os atores dos cartazes. A cada passo, um filme marcante. Pisou no jovem Clint Eastwood, depois em Marlon Brando... Olhou para o teto e viu David Niven, que britanicamente a observava. Na parede, ao fundo do restaurante, Claudia Cardinale estava vestida para O Leopardo de Visconti. Mais adiante Sofia Loren cruzava suas pernas em Ontem, Hoje e Amanhã. Outro passo, e tropeçou no rosto de Elizabeth Taylor em Cleópatra, olhando apaixonadamente para Richard Burton. Giulietta titubeou para tomar a decisão. – Vou escolher aquela mesa que fica perto de Anita Ekberg e Marcelo Mastrioanni em La Dolce Vita, ou aquela outra, na parede do canto, com a foto de Marcelo Mastroiani rodando a bengala em Ginger e Fred? Fizeram bom uso do meu dinheiro – pensou Giulietta – sinto-me recompensada. Vou jantar em boa companhia. Pelo menos nas fotos...

Os garçons não paravam de circular, criando certa agitação no ambiente. O jantar deveria ser servido antes do início da sessão. Giulietta vestia uma calça jeans, camiseta e um blusão de couro. Seus cabelos, quase raspados, deixavam ver o formato da sua cabeça. Em nada lembrava a atriz que inspirou seu pai na escolha do seu nome. O cinema estava no sangue da família. Sentou-se e olhou timidamente ao seu redor. Sentia-se observada pelos convidados que ocupavam as mesas do bistrô. Alguns estavam sozinhos, outros eram casais de meia idade. Em um canto, dois rapazes formavam um casal gay, ao lado, dois senhores de idade avançada conversavam ao pé do ouvido, como que contando segredos. Em uma das mesas, três casais apertavam-se em um espaço desenhado para quatro pessoas. Nada parecia incomodar o público, que bem poderia ser parte do elenco de um filme de Fellini. – Ah, ali está Fellini, na parede ao lado da mesa. A foto parece ser do Último Ensaio de Orquestra. – Giulietta imaginou Fellini e Marcelo sentados à sua mesa, enquanto respondia, com ar de amizade, aos cumprimentos dos convidados presentes no bar.

–Será que existem homens como Marcelo? Parece que todos estão eufóricos neste momento. Ninguém gosta de esperar, mas aqui é diferente. Aqui a espera parece ser proposital, para quem quer ser vista. Nós todas queremos ser observadas para fazer funcionar o nosso personagem. Nossas personas. Personare a voz íntima de cada um de nós. Precisamos de um palco. Sem plateia não teríamos o teatro, sem o leitor não teríamos escritores... Ainda que fosse apenas um, sozinho em um enorme teatro, ou um leitor único, no mundo, lendo um livro... Bastaria um, para tudo valer a pena. Eu sou esta parte, sou plateia, sou leitora e serei macaca de auditório, se preciso for... Giulietta estava sozinha à mesa, acompanhada por Marcelo e Fellini. Todos os presentes, disfarçadamente, lhe dirigiam o olhar fazendo algum comentário ao pé do ouvido mais próximo. Giulietta não se incomodava. Sentia-se acolhida, como não fora nos últimos vinte anos. Marcelo Mastroianni compreendeu e, olhando para o seu rosto com um sorriso debochado, sugeriu que tomassem uma taça de vinho tinto.

– Uma taça de vinho? O que a senhora deseja para o jantar? – perguntou o garçom com cara de estudante de ciências sociais, que certamente terá outra profissão em breve. Giulietta, em um átimo, pensou na sua juventude. Eu não tive esta oportunidade. Na idade deste menino eu andava pelas ruas de São Paulo em meio aos tanques e ouvia discursos dos militares na televisão. Não havia alegria naquele ambiente...

– Você nem sabe a sorte que tem!

– Como? A senhora, por favor, pode repetir o pedido? Eu não ouvi. Quer o cardápio?

– Não, obrigada. Não precisa. Acho que só vou tomar uma taça de vinho tinto, por favor.

Os três diretores do cineclube chegaram tomando as cadeiras de Fellini e Marcelo.

– Giulietta, como vai? Como você chegou aqui? Nós fomos te buscar no hotel e disseram que você já tinha saído. Ficamos preocupados. Por que não esperou?

Giulietta ouvia a sequência de perguntas com certa indiferença, causada pelo torpor agradável produzido pelo vinho.

– Eu queria tomar uma taça de vinho, então decidi vir a pé do hotel até o cinema que, aliás, fica bem perto. Vocês se esqueceram de que eu ainda posso caminhar? Além do mais, não sou nenhuma celebridade. – A sua resposta deixou os dois jovens diretores, satisfeitos. Os pratos passavam voando sobre as mesas, levados perigosamente pelas mãos inexperientes dos garçons. As vozes se elevavam conforme o ambiente se enchia de gente, gerando um som único e ininterrupto.

Em determinado momento, um jovem negro de cabelos longos e encaracolados, aproximou-se da mesa e sugeriu – quase ordenando – que Giulietta se dirigisse ao auditório. Ela tentou, em vão, pedir a conta. Escoltada pelos companheiros do cineclube, levantou-se e subiu para a sala de projeções. Fez-se silêncio à sua saída. Em seguida o salão se esvaziou, todos pediram as suas contas e seguiram os passos de Giulietta, desconfiados de que havia chegado o momento.

Nos estreitos degraus da escadaria que dava para o andar superior, passava uma pessoa por vez. Formou-se uma fila com tipos tão variados que bem poderiam servir para compor uma cena em E la nave va. No cartaz, Ginger olhava eternamente para Fred. A música de Nino Rota, 8 ½ encheu o ambiente.

Abrem-se as cortinas.

Giulietta sentou-se na primeira fileira, conduzida para a poltrona que tem a placa com o nome do seu pai. Esperou alguns instantes até que os seus olhos se acostumassem à escuridão da sala, e sentiu o cheiro do carpete novo do cinema recém-reformado. Os acordes de Theme from a Summer Place atiçaram as suas lembranças dos beijos camuflados e das mãos dos namorados passeando pelas suas coxas juvenis. Com os olhos semiabertos, Giulietta anteviu a cena. - As duas metades da cortina vão se afastar, fazendo mover uma onda sobre a tela branca. Como é boa esta sensação da cortina em movimento e da música na penumbra, principalmente, a agradável penumbra que permiti não ver o que faço. Não foi assim que eu me acostumei a fazer coisas proibidas? Desfruto aqui da liberdade que não tenho lá fora. Sempre foi assim. Nesta sala de cinema, onde sou anonimamente livre, fiz o diabo protegida pelo manto da escuridão. É como a ignorância que protege o pecador da culpa...

À medida que sua retina acomodou-se à falta de luminosidade, Giulietta viu os detalhes da sala de cinema. Os vultos em movimento ganharam nitidez, e o som abafado das vozes cresceu, enchendo a sala. - As poltronas novas e aquelas decorações no teto... Lembro-me delas perfeitamente. As paredes, a cortina, a tela, os enfeites nas paredes. Tudo foi recuperado pelo clube de cinéfilos. Acho que a grana do meu pai serviu para alguma coisa...

O ruído das vozes cessou quando a luz do projetor fez brilhar a tela. Giulietta fechou os olhos e sentiu o prazer de ouvir o som da metralhadora amiga que sinaliza o início da sessão. Recobrou os sentidos em um susto previsto, e viu o facho de luz branca trespassar a cortina em movimento. Uma onda de luz rebateu na tela e iluminou o rosto do público na plateia, marcando em cada um, uma máscara diferente. Todos agora eram personagens mascarados prontos para mergulhar na sessão do cinema a ser reinaugurado. Giulietta sentiu uma sensação de estranhamento. – Tenho medo de abrir os olhos. O que quero mesmo é ficar aqui, sozinha, para sempre, ouvindo a abertura da sessão. Só eu, o cheiro do carpete, o som do projetor e a luz, eternamente, fazendo tudo o que não posso fazer na vida...

Logo na primeira cena Giulietta ficou paralisada. Lembrou-se do desenho animado original, que era em preto e branco. A versão masterizada e colorida da tartaruguinha que queria voar fazia uma escavação arqueológica na sua cabeça, que a fez recordar-se de cada cena do desenho. – Que personagem real, esta tartaruguinha! Ela tem inveja ou tem o desejo impossível de ser como as aves que podem voar. Tenta voar por todos os meios possíveis, sempre se esborrachando no chão depois de cada tentativa estúpida, até que compra os serviços da águia, para levá-la muito alto, na estratosfera. A águia e a tartaruguinha vestem um capacete espacial, de vidro, para protegê-las no espaço cósmico. Em certo momento, a tartaruguinha estúpida salta no vazio, depois de arrancar duas penas da cauda da águia. Voa feliz, no seu último salto, até que entra em parafuso e bum! Silêncio. Estatela-se no chão em uma queda livre mortal. O enquadramento do desenho na tela mostra só o espaço do céu, e um fio de silêncio segura nossos olhos presos à tela. Uma fumacinha sobe do chão e quebra o silêncio que faz com que as crianças experimentem, por um segundo, o gosto da morte. Fica um sabor de ausência – que tantas vezes eu senti na vida – resultado da atitude daquela tartaruguinha sonhadora, que só quer fazer o que não é possível. Romantismo exagerado, tudo o que eu não queria ser, mas sou. Diferente da minha vida, a tartaruguinha, reaparece vestida de anjo e voando livre, livre, como os pássaros. E eu chorei todas as vezes que vi o desenho, inclusive, agora. Como foi que os meninos descobriram que eu gostava tanto deste desenho? Será que eles quebraram o meu sigilo na internet?

Eu vivo baixando o desenho para assistir, sempre que tenho vontade de voar, ou de me matar. Será que eu dou tanta bandeira assim? Será que dá para ler na minha cara que sou uma mulher que vive tentando fazer aquilo que não pode? Que vivo me estatelando no chão, sem sucesso? Que quero voar, e não sei como?

Os aplausos trouxeram Giulietta de volta à poltrona da sala de cinema recém-reformada. A voz grave do locutor anunciou a sessão principal, em homenagem a Giulietta, amante da sétima arte, que decidiu deixar parte da sua herança para a sociedade cinéfila, recuperando aquela sala decadente e ajudando a pequena cidade de Poço Branco a recuperar a sua tradição turística e bla, bla, bla e bla, bla, bla... Os aplausos incomodaram Giulietta que, sentada na primeira fila, não conseguiu olhar os rostos dos que a aplaudiam, o que a deixava paralisada. Nunca gostou de homenagens. Sua perna estava dormente. Formigava muito. Ela precisava bater um pé no chão urgentemente. Na verdade a droga da sua perna, sempre dormia nas horas menos apropriadas. A última vez que a perna dormiu foi na cama, rolando com um parceiro – que seria o definitivo – recém-encontrado em um bar da Vila Madalena. Saindo das preliminares, formigava tanto a perna que teve que parar tudo, e não deu para começar de novo. Nem lembro o nome dele. Coitus interruptus. Fim. A tartaruguinha, mais uma vez, estatelada no chão. A sensação de desconforto só diminuiu quando a voz do locutor anunciou o filme da noite. O filme homenagearia o cinema mundial e ao mesmo tempo seria uma homenagem para Giulietta. – Esperamos que todos apreciem um dos filmes mais importantes do cinema italiano e mundial. De Fellini, com música de Nino Rota, com Giulietta Masina, Noites de Cabiria! Desliguem os seus celulares, e bom espetáculo!

Para Giulietta tudo era surpresa. Nada sabia do programa organizado pelos meninos do cineclube. Ela sabia que tudo seria em sua homenagem, mas não tinha ideia da escolha do filme. Logo na apresentação do filme principal, Giulietta viu Giulietta na tela e reconheceu imediatamente, a prostituta Cabiria. Sentiu uma porrada no estômago ao mesmo tempo que um abraço amigo...

– Como estes caras descobriram? Eu sou Giulietta, tal como Giulietta Masina, esta atriz escolhida a dedo por Fellini para ser a prostituta mais romântica que o mundo já viu. Meu nome foi uma homenagem ao que mais importava na vida do meu pai; o cinema. Mas ele não imaginou como a tela iria mudar a minha vida. Como me faria tentar copiar as personagens que me encantavam. Tentei o quanto pude imitar Cabiria. Eu não era loira, nem baixinha, nem tinha a energia feliz de Cabiria, mas também busquei o amor perfeito, que nunca tive. O homem sincero, que me enganou e o braço acolhedor, que me bateu. Só não consegui ser prostituta, apesar de esse ter sido o meu desejo mais oculto. Acho que sempre foi o desejo de todas as mulheres. Este desejo atávico de dar prazer, de dominar, ainda que por um segundo, todos os homens do mundo. Foi Cabiria que me imitou. Cabiria foi enganada por todos, foi excluída, foi marginalizada, foi hipnotizada, o seu segredo maior foi revelado, e ela foi explorada até a última gota de sua alma. Mas, feliz, seguia pelas catacumbas de Roma. Eu queria ser tudo aquilo. Queria ser como as prostitutas de Pompeia, sem medo, sem esconder do mundo o meu desejo. Sem me limpar do pecado. Queria, não. Eu quero!

Giulietta assistiu ao filme sem conseguir, sequer, por um instante, a concentração para ver as imagens de Roma misturadas às da sua vida, passando em rapidez infinita. Todas as imagens da sua vida, do amor perfeito que não teve, da prostituta que não foi, da energia que não gerou. Ela, Giulietta. Ela, Cabiria. Uma tartaruguinha que queria voar.

A sessão terminou seguida pelos cumprimentos de praxe, beijos e discursos de amizade eterna, de passe-la-em-casa-pra-tomar-um-café, pontuados por várias lembranças. Giulietta cumpriu todas as normas previstas no roteiro. Os meninos do cineclube fizeram-lhe um convite para um boteco onde rolava uma MPB, com um violonista que lembrava o Djavan.

– Eu encontro vocês depois. Vou dar um tempinho aqui no bar do cineclube. Quero tirar fotos do ambiente vazio.

Giulietta desceu a escadaria até o bar. Os estudantes contratados para servir no evento estavam limpando as mesas e varrendo o chão. Eram três; dois rapazes e uma moça. Giulietta sentou-se à mesa onde estava Marcelo, enquanto os rapazes se despediam da moça, tendo terminado o trabalho. A jovem estudante – aproximando-se de Giulietta – a reconheceu.

– Posso te servir uma taça de vinho? Todos já foram embora e sobraram várias garrafas abertas – perguntou a estudante-garçonete.

– Vinho vai bem. O que é que você estuda? – perguntou Giulietta, recebendo uma taça de tinto nas mãos.

– Eu faço engenharia, mas ainda não sei se vou começar o curso de história ou de artes plásticas. Ainda não me decidi. Bem, tenho que ir agora. Depois que a senhora terminar o vinho, pode, por favor, apagar as luzes. A porta pode ficar aberta. Tchau. – disse a garota caminhando apressadamente na direção da porta de saída, manipulando com os dois dedões e com habilidade infinita, o teclado do celular.

Giulietta ficou sentada no set, com uma única lâmpada acesa, a taça de vinho nas mãos e todas as lembranças do mundo. Fez um brinde com Marcelo e tomou o último gole de vinho.

São Paulo / Gonçalves, 2014.

Esta obra foi composta em Minion Pro
em Abril de 2014,
para a **Editora Reformatório**.

www.reformatorio.com.br